정 민

鄭珉

한양대학교 국어국문학과 교수. 조선 지성사의 전방위 분야를 탐사하여
한문학 문헌에 담긴 깊은 사유와 성찰을 우리 사회에 전해온 인문학자이
자 고전학자. 옛글에 담긴 전통의 가치와 멋을 현대의 언어로 되살려왔다.
저서로 다산 정약용의 복잡다단한 면모를 복원한 《다산의 일기장》《다산
선생 지식경영법》, 연암 박지원의 산문을 살핀 《비슷한 것은 가짜다》《오
늘 아침, 나는 책을 읽었다》, 18세기 조선 지식인과 문헌을 파고든 《호저
집》《고전, 발견의 기쁨》《열여덟 살 이덕무》《잊혀진 실학자 이덕리와 동
다기》《미쳐야 미친다》, 한시의 아름다움을 탐구한 《우리 한시 삼백수》
《한시 미학 산책》 등이 있다. 청언소품집인 《점검》《습정》《석복》《조심》
《일침》, 조선 후기 차 문화사를 총정리한 《한국의 다서》《새로 쓰는 조선
의 차 문화》, 산문집 《체수유병집—글밭의 이삭줍기》《사람을 읽고 책과
만나다》, 어린이를 위한 한시 입문서 《정민 선생님이 들려주는 한시 이
야기》 등 다수의 책을 지었다. 근래에는 초기 서학 연구에 천착해, 조선
에 서학 열풍을 불러온 《칠극》, 초기 교회사를 집대성한 《서학, 조선을 관
통하다》, 서학 주요 문헌인 《서양 선비, 우정을 논하다》《역주 눌암기략》
《역주 송담유록》 등을 펴냈다.
2022년 롯데출판문화대상 대상, 2021년 한국가톨릭학술상 번역상,
2020년 백남석학상, 2015년 월봉저작상, 2012년 지훈학술상, 2011년
우호인문학상, 2007년 간행물문화대상 저작상 등을 수상했다.

어른의 품격은
고전에서 나온다

어른의 품격은 고전에서 나온다

: 정민 교수의 고전 필사

1판 1쇄 인쇄 2025. 3. 12.
1판 1쇄 발행 2025. 3. 21.

지은이 정민

발행인 박강휘
편집 이한경 **디자인** 윤석진 **마케팅** 김새로미 · 정희윤 **홍보** 강원모
발행처 김영사
등록 1979년 5월 17일(제406-2003-036호)
주소 경기도 파주시 문발로 197(문발동) 우편번호 10881
전화 마케팅부 031) 955-3100, 편집부 031) 955-3200 | **팩스** 031) 955-3111

값은 뒤표지에 있습니다.
ISBN 979-11-7332-114-6 03810

홈페이지 www.gimmyoung.com   블로그 blog.naver.com/gybook
인스타그램 instagram.com/gimmyoung   이메일 bestbook@gimmyoung.com

좋은 독자가 좋은 책을 만듭니다.
김영사는 독자 여러분의 의견에 항상 귀 기울이고 있습니다.

손으로 쓰고 마음에 새기는 옛글 100

정민 교수의 고전 필사

어른의 품격은 고전에서 나온다

김영사

말이 자꾸 나풀나풀 가벼워진다. 생각을 얹거나 마음이 실리지 않은 말은 배설과 같다. 토하거나 뱉는 것은 힘 있는 말이 아니다. 주먹질에 가깝다. 들을 줄 모르고 떠들기만 하는 말은 붕붕 날려 허공으로 흩어진다. 단련하여 다듬고, 마음을 얹어야 그 말에 비로소 힘이 실린다. 사람들은 반대로 한다. 들을 줄 모르고 떠들기만 하다가 결국은 소진되어 텅 빈 속만 들킨다.

옛말이라 해서 다 말이 아니고 말씀이 되는 말이라야 고전이다. 옛말 중에서도 벼리고 벼려 간추린 말씀만 고전이 된다. 그냥 말은 정보를 전달하는 일회적 소통에 그쳐도, 벼려낸 말씀에는 아우라가 있고 그늘이 있어 곱씹어 음미할 때마다 나를 돌아보게 만드는 힘이 나온다.

물질의 삶이 아무리 발전해도 인간은 본질적으로 변하지 않는 존재다. 세상은 끊임없이 변하지만 하나도 바뀌지 않았다. 껍데기만 달라졌지 본질은 똑같다. 우리는 시대를 떠나 같은 문제로 고통받고, 비슷한 일과 똑같은 생각을 쳇바퀴 돌듯 되풀이한다. 고전은 그 똑같은 반복 속에 씩씩하게 살아남은 언어다. 옛글이 큰 울림을 주고, 옛글에서 더 큰 힘을 느끼는 이유가 여기에 있다. 좋은 말, 깊은 글의 힘은

동서와 고금을 훌쩍 뛰어넘는다.

　　　그간 이런저런 계기로 소개했던 옛글 가운데 짧은 호흡으로 새겨둘 만한 경구 100개를 가려 뽑고, 평설을 간추렸다. 그 말은 짧은데 뜻은 길고, 생각은 평이하지만 깊이가 있다. 말의 힘은 굳이 많은 데서 오지 않는다. 짤막한데 그대로 무찔러 들어오는 글이 힘찬 글이다. 멍하던 정신이 이 한마디에 화들짝 놀라 제자리로 돌아온다. 간결한 표현 속에 깊은 통찰이 빛난다.

　　　모두 4부로 나눠 1부 마음의 표정, 2부 경책의 자세, 3부 시비의 가늠, 4부 발밑의 거울로 제목을 달았다. 마음을 어떻게 관리할까? 깨달음은 어디서 오는가? 옳고 그름의 엇갈림은 무엇으로 판단하나? 언제 나는 나와 만나나? 옛글은 방편이고, 목적은 지금 우리 삶의 자리를 되돌아보자는 것이다. 글은 내가 좋아하는 정약용, 이덕무, 성대중 등 우리나라 고전 작가들의 문장 속에서 추렸다.

　　　한편으로 필사, 즉 좋은 글을 한 글자 한 글자 따박따박 베껴 쓰는 것은 그 글에 담긴 금강석 같은 마음을 내 안에 차곡차곡 새겨넣는 일이다. 눈으로 읽는 것보다 손으로 읽는 것이 훨씬 힘이 세다. 눈으로 읽으면 획 지나간 뒤 빛의 속도로 잊혀지지만, 손으로 읽으면 그 생각이 또록또록 내 마음속에 새겨진다. 이것을 다시 소리 내어 읽으면 그 효과가 배가 된다. 그러니까 필사는 눈으로 읽고 손으로 읽고 입으로 함께 읽어 마음에 박아넣는 과정이기도 하다.

　　한층 가벼워진 세상에서 우리는 좀 더 무거워져야 한다. 마음에 무게 추를 달아 자꾸 좌우로 이리저리 흔들리는 진자 운동에 묵직한 중심을 내려주어야 한다. 세상이 어지러우니 내 중심을 낮추어 더 가라앉혀야 한다. 천천히, 한 글자 한 글자 필사하는 사이에 마음 위에 무늬가 입혀진다. 결이 생겨난다. 바람이나 나무에만 결이 있지 않다. 마음결이 살아나야 산 사람이다. 필사는 그런 내 마음에 결을 내고 숨을 열어준다.

　　　을사년 새봄
　　　종심서소從心書巢 주인 쓰다

마음의 표정

경책의 자세

시비의 가늠

발밑의 거울

정민 교수의 고전 필사

어른의 품격은 고전에서 나온다

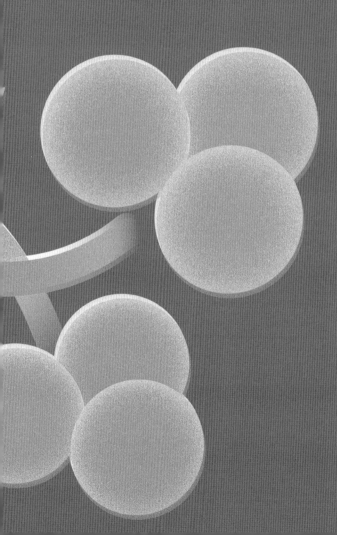

마음의 표정

심신

텅 빈 곳에 몸을 두고
툭 터진 데 마음을 노닐자
몸이 편안하고 마음이 넉넉해진다.
고요로써 사물을 부리고
간결함으로 일을 처리하면
사물이 평온해지고 일이 정돈된다.

置身於虛, 游心於曠, 則身安而心泰. 馭物以靜, 涖事以簡, 則物平而事定.
성대중成大中(1732~1809), 〈질언質言〉

눈을 피곤하게 하는 너절한 물건들을 주변에서 치운다. 구질구질한 생각들을 마음에서 거둔다. 그러자 불편하던 몸이 편안해지고 마음에 평화가 찾아왔다. 나를 온통 에워싼 이런저런 일들로 머리가 지끈지끈 아프다. 일은 해도 해도 끝이 없다. 그러려니 조용히 하나씩 처리하고, 되도록 단순하게 생각하니, 그 많던 일들이 어느새 다 정리되었다. 생각은 마음이 짓는다. 마음에서 생각을 다스려 사물을 헤아리면, 내 마음으로 사물을 부릴 수가 있다.

마음이 맑아지면

욕심을 적게 할 수 있으면

마음은 저절로 맑아진다.

그 마음이 맑아지면 온갖 선이 생겨난다.

마음을 맑게 함이 지극하면

마음이 환하고 투명해져서

인욕은 사라지고 천리가 행하여진다.

성현의 덕을 순순히 내 안으로 불러올 수가 있다.

夫能寡欲, 則其心自淸. 其心淸則衆善以生. 淸之之極, 方寸瑩澈, 人欲淨而天理
行. 聖賢之德, 可馴致矣.

권근權近(1352~1409), 〈양심당기養心堂記〉

화초만 기르는 것이 아니라 마음도 기를 수가 있다. 마음에 필요한 영양제
는 다름 아닌 과욕寡慾, 즉 욕심을 적게 하는 것이다. 욕심은 마음을 좀먹고
뿌리를 상하게 하는 잡초요 독이다. 마음에서 욕심을 걷어내면 맑고 투명함
만 남는다. 그 투명함으로 세상을 보면 선한 마음이 절로 싹터난다. 옛 성현
의 말씀을 읽어도 바로 내 이야기임을 알게 된다.

결단하는 용기

사람의 마음은 거울이 물건을 비추는 것과 같아

능히 사소한 기미도 볼 수가 있다.

취하고 버림을 반드시 결단하는 것은 밝은 것이다.

용기는 밝음에서 나온다.

밝으면 미혹되지 않는다.

미혹되지 않으면 흔들리지 않는다.

人心如鑑照物, 能見於幾微. 趨捨必決者明也. 勇生於明. 明則不惑. 不惑則不動.

허목許穆(1595~1682), 〈오리이상국유사梧里李相國遺事〉

이원익李元翼(1547~1634)이 자신의 삶을 돌아보며 한 말이다. '허물 없는 삶을 살고자 평생 노력했지만, 돌아보건대 그러지는 못했다. 그것을 부끄러워한다. 마음의 거울에 비추어 취하고 버림에 준엄하였다. 내 마음을 내가 믿으니, 용기가 생겨나고, 의심하거나 동요됨 없이 뚜벅뚜벅 가야 할 길을 갈 수 있었다. 흐린 마음에서는 용기가 생겨나지 않는다. 마음에 미혹함을 지녔기 때문이다. 미혹하면 일마다 흔들리고, 곳곳에서 우왕좌왕하게 된다.' 옛사람의 글을 읽다가 이런 언급을 보면 공연히 주눅이 든다. 선택의 기로에서 나는 어떤가?

즐거움과 괴로움

즐거움은 괴로움에서 나온다. 괴로움은 즐거움의 뿌리다.

괴로움은 즐거움에서 나온다. 즐거움은 괴로움의 씨앗이다.

괴로움과 즐거움이 서로를 낳는 것은

동정動靜이나 음양陰陽이 서로 뿌리가 되는 것과 같다.

樂生於苦. 苦者樂之根也. 苦生於樂. 樂者苦之種也. 苦樂相生, 如動靜陰陽,
互爲其根.

정약용丁若鏞(1762~1836), 〈우후 이중협을 증별하는 시첩의 서문贈別李虞侯詩帖序〉

지혜로운 사람은 화복의 조짐을 미리 헤아려 눈앞의 희비에 연연하지 않는다. 어리석은 사람은 상황에 매여 웃고 울고를 반복한다. 즐거움은 다 누리려 들면 안 된다. 반만 누려라. 괴로움으로 자신을 짓이기지도 마라. 상처가 깊다. 슬픔이 기쁨이 되고, 즐거움이 괴로움으로 변한다. 끝까지 가면 뒷감당이 안 된다. 애이불비哀而不悲, 슬퍼하되 비탄에 빠지지는 말라고 했다. 낙이불음樂而不淫, 즐거워도 도를 넘으면 안 된다. 사람은 이 두 감정의 저울질을 잘해야 한다.

평안

마음가짐을 너그럽고 안정되이 지니면,
때로 추위와 더위조차 침입하지 못한다.
옛사람이 불 속에 들어가도 타지 않고,
물속에 들어가도 젖지 않는다 함은
바로 이를 가리킨다.

持心要寬平安靜, 寒暑有時乎不入. 古之人, 入火不焦, 入水不濡云者, 指此也.
이덕무李德懋(1741~1793), 《이목구심서耳目口心書》

마음이 평탄하여 걸림이 없고 고요하여 일렁임이 없다면, 바깥세상의 그 어떤 변화에도 흔들리지 않을 수 있다. 물속에 들어가도 불 속에 들어가도 젖는 줄도 뜨거운 줄도 알지 못한다. 마음이 안정되지 않은 사람은 작은 일에도 흔들리고 동요한다. 아무것도 아닌 일에 금세 큰일이라도 날 듯이 난리를 친다.

호연 浩然

사대부의 마음 씀은 마땅히 광풍제월光風霽月과 같아
털끝만큼의 가리어짐이 없어야 한다.
무릇 하늘에 부끄럽고 사람에 떳떳지 못한 일은
단호히 끊어 범하는 일이 없도록 해라.

士大夫心事, 當與光風霽月, 無纖毫蔽翳. 凡愧天怍人之事, 截然不犯.
정약용, 〈또 두 아들에게 보여주는 가계又示二子家誡〉

마음은 툭 터져서 걸림이 없고, 신체는 건강해서 기름기가 돈다. 거칠 것이 없고 겁날 것이 없다. 거기서 솟아나는 기운이 바로 호연지기다. 호연지기는 어디에서 생기나. 내가 내 마음에 부끄럽지 않아, 남 앞에서 공연히 주눅 들지 않고 위축되지 않을 때 생긴다. 툭툭 털어도 숨길 것 없이 떳떳하여 불의가 침범하지 못하고, 유혹이 날 흔들지 못할 때 생긴다. 비 갠 뒤의 바람처럼, 구름을 뚫고 나온 달빛처럼, 나도 그렇게 살고 싶다.

한가로움

일찍이 나는 시끄러움 때문에
한가로움을 잃은 적이 없다.
내 마음이 한가롭기 때문이다.

曾不以擾失余閒. 以吾心閒也.
이덕무, 〈원한原閒〉

누구나 한가로운 삶을 동경한다. 하지만 정작 한가로움을 잘 누릴 줄 아는 사람은 찾아보기가 힘들다. 한가로움은 어디에 있는가? 한가로움은 강호에도 없고, 산림에도 없고, 바로 내 마음속에 있다. 밖이 소란해도 내 마음이 한가하면 그 시끄러움이 내 마음을 흔들지 못한다. 많은 사람들 틈에 섞여서도 내 마음이 한가롭고 보니 마음에 조금의 일렁임이 없다. 한가로움은 바깥에 있지 않고, 내 안에 있다. 굳이 먼 심심산골 인적이 닿지 않는 곳을 찾을 필요가 없다. 밖으로만 향해 있는 내 마음을 안쪽으로 돌리면 된다.

심지

마음이 거친 자는
비록 좋은 자질과 도구를 지녔다 해도
사물을 관찰할 수 없다.

心粗者, 雖有好材具, 不可以察事物.
홍길주洪吉周(1786~1841), 《수여연필睡餘演筆》

공주산의 밀초는 맑고 투명해서 전국에 이름이 높았다. 그런데 그 투명한 밀초로 불을 밝혔는데도 불빛이 환하지 않았다. 깨끗한 기름을 써서 정밀한 솜씨로 만들었지만, 나쁜 심지를 쓰는 바람에 앞서의 모든 공이 바래고 말았다. 다 좋았는데 심지가 올바로 박히지 않았던 것이다. 좋은 집안에서 태어나 훌륭한 교육을 받고 남들이 부러워할 자태를 지녔다 해도 마음이 올바로 박히지 않으면, 그 지닌바 물질이나 지위로 인해 사회의 좀이 되고 남에게 해악을 끼친다. 아무짝에 쓸모없는 인간이 되어 손가락질을 받는다. 사람도 심지가 옳게 박혀야 한다.

선악

선과 악은 모두 나의 스승이다.

선은 따르고 악을 고치면 모두 나에게 보탬이 된다.

하지만 선을 본받는 것은 갈림길이 많기 때문에

얻기도 하고 잃기도 한다.

악을 거울삼는 것은 단지 한 가지 길만 있을 뿐이다.

그런 까닭에 악을 스승으로 삼기가

선을 스승으로 삼기보다 쉽다.

善惡皆吾師也. 善則從之, 惡則改之, 均之爲我益也. 然善之可傚, 爲岐也多, 故有
得有否. 惡之可鑑, 止一路爾. 故師惡易於師善.

성대중, 〈성언醒言〉

선한 것은 배워 따르고, 악한 것은 고쳐서 멀리한다. 이것이 선과 악을 나의
스승으로 삼는 방법이다. 나쁜 사람을 보면 나는 절대로 저러지 말아야지
하고 다짐을 둔다. 좋은 행실을 보면 어찌해야 나도 저렇게 될 수 있을까 하
며 본받으려 노력한다. 선한 일은 때로 판단이 어려울 때가 있지만, 악한 일
은 시비가 분명해서 따지고 말고 할 것이 없다. 그런데 이상하다. 사람들은
좋은 것을 본받기보다 나쁜 짓 본뜨기를 더 좋아한다. 좋은 것은 내버려두
고 못된 것만 배운다. '나는 절대로 저러지 말아야지' 하며 멀리해야 할 일을
'저 사람도 저러는데 뭘' 하며 따라 한다.

군자의 노여움

군자에게는 큰 노여움이 있다.
대저 잗단 노여움은 없는 법이다.

君子有大怒. 夫小怒蔑如也.
이덕무, 《이목구심서》

군자에게도 노여움은 있다. 그러나 그 노여움은 결코 잗달지 않다. 큰 정의
가 지켜지지 않을 때, 악인이 간특한 마음으로 착한 이를 괴롭힐 때, 불의가
오히려 정의인 양 행세할 때 그들의 분노는 일어난다. 그들의 분노는 걷잡
을 수 없는 불길이 되어 불의를 쓸어버린다. 그래서 우리는 그들의 분노를
의노義怒라고 한다. 소인의 노여움은 이것과는 다르다. 그들의 분노는 자신
의 이익과 관련된 것에서만 기준도 없이 수시로 일어난다. 이익만 충족되면
언제 그랬느냐는 듯이 스러지고 말 분노다.

마땅함

물고기가 물을 사랑한다고 해서
새까지 깊은 못으로 옮겨서는 안 된다.
새가 숲을 사랑함을 가지고
물고기마저 깊은 숲으로 옮겨서도 안 된다.
새로서 새를 길러 숲속의 즐거움에 내맡겨두고,
물고기를 보고 물고기를 알아
강호의 즐거움을 마음대로 누리도록 놓아두어,
한 물건이라도 있어야 할 곳을 잃지 않게 하고,
모든 것이 제각기 마땅함을 얻도록 해야 한다.

不可以魚之愛水, 徙鳥於深淵. 不可以鳥之愛林, 徙魚於深藪. 以鳥養鳥, 任之於
林藪之娛, 觀魚知魚, 縱之於江湖之樂, 使一物不失其所, 群情各得其宜.

이자현李資玄(1061~1125), 〈제이표第二表〉

숲에서 마음껏 노래하는 새처럼, 물속에서 뛰노는 물고기처럼 기쁘게 살고 싶다. 깊은 숲이 좋지 않냐고 물에서 물고기를 건져내 땅 위에 두는 일, 물속의 즐거움을 함께 누리자며 새를 물에 집어넣는 일, 그런 일은 이제 너무 지겹다. 새는 창공에서 놀고, 물고기는 물속에서 논다. 누구는 공부하며 놀고, 누구는 노래하며 놀며, 누구는 돈을 세며 논다. 나 아니면 안 된다고 끌어들이지 말아다오. 티끌세상 그물은 질기기만 해, 소박한 삶을 누리고픈 소망조차 이제는 너무 사치스러운 꿈이 되어버렸다.

절제와 관용

자신을 규율함은 모름지기 분명해야 하지만,
남을 대접함은 감싸안아야 한다.

律己須明白, 待人要包容.
이덕무, 《이목구심서》

맺고 끊음이 분명하지 않아서는 안 된다. 그것이 자신의 일일 때는 더욱 그렇다. 자신에 대해서는 엄격히 규율을 세워 느슨함을 용납해서는 안 되리라. 다만 남에게도 그러한 엄격함을 요구한다면 세상에는 싸움만이 있게 될 것이다. 모름지기 두루 감싸안는 포용의 마음을 지녀야 한다. 그런데 사람들은 거꾸로 한다. 자신에겐 한없는 관용을, 남에게는 냉정한 절제를 요구한다. 내가 하면 "그럴 수도 있지" 하다가도 남이 하면 "그럴 수가 있나?" 말한다. 마음이 참 이상하구나. 그래서 허물은 늘어만 가는 것이다.

사람의 일

하늘의 도리는 가면 돌아오지만,

사람의 일은 한 번 가면 다시 오지 않는다.

그러니 달이 기울면 다시 차올라도,

사람이 늙어서 다시 젊어질 수 있겠는가?

찼다가 반드시 기울고,

성대하다가 반드시 쇠하게 되는 것만 같다.

天道有往則廻, 人事則往不復廻. 故月缺則復圓, 人衰而可復盛耶? 乃其圓而必
缺, 盛而必衰則同.

성대중, 〈성언〉

하늘의 운행은 순환하여 돌고 돌지만, 사람의 일에는 일직선상의 단선적 진행만 있다. 보름달은 그믐달이 되어도, 다시 그다음 보름까지 조금씩 차오른다. 하지만 사람은 한 번 늙으면 그뿐이다. 성대하다가 쇠퇴하는 법은 있어도 그 반대는 없다. 그래서 사람은 꽉 찼을 때를 경계해야 한다. 그때부터 차츰 덜어내서 텅 비우고 세상을 떠나야 한다. 아등바등 놓지 않으려고 발버둥을 치다가는 빈 두 손 앞에 삶이 부끄럽게 된다. 계속 보름달일 줄로만 알다가 막판에 자신을 잃고 망연자실하는 사람이 뜻밖에 많다.

식견

남이 하지 않는 바를 내가 능히 하고,

남이 능히 하는 바를 내가 하지 않음은

고집이 세서가 아니라 선함을 가려내는 것일 뿐이다.

남이 하지 않는 바를 내가 또한 하지 않고,

남이 능히 하는 바를 내가 또한 능히 하는 것은

줏대 없이 따라 함이 아니라 옳음에 나아가는 것일 따름이다.

이런 까닭에 군자는 식견을 중히 여긴다.

人之所不爲, 我則能爲之, 人之所能爲, 我則不爲之, 非矯激也, 擇善而已. 人之所
不爲, 我亦不爲之, 人之所能爲, 我亦能爲之, 非詭隨也, 就是而已. 是故君子貴識.
이덕무, 《이목구심서》

남들이 가는 대로 따라가다가는 자칫 나를 잃게 되기 쉽다. 내가 나의 주인이 되지 못하고 나의 종이 되는 삶은 구차하다. 그렇다고 남이 하는 반대로만 하는 것 또한 군자가 취해야 할 태도가 아니다. 남들이 이리 가면 나는 저리로 가야만 직성이 풀리는 사람들이 있다. 그것은 특립독행特立獨行하는 군자의 길이 아니다. 고작해야 괴팍하고 잘난 체하는 사람일 뿐이다. 거기에는 오만과 독선만 있지 주인 되는 삶은 없다. 따라 하지 말아야 할 것은 따라 하고, 따라 해야 할 것은 따라 하지 않는 데서 모든 문제가 시작된다. 그것을 판단하는 기준은 어디에 있나? 우리는 그것을 식견이라 부른다.

선심과 고집

제힘을 헤아리지 못하고 베푸는 선심,
일을 제대로 알지 못한 채 부리는 고집,
나라를 망치고 집안을 파탄 내는 것은
모두 여기에서 말미암는다.

不量力之善心, 不解事之固執, 亡國破家, 皆由於此.
성대중, 〈성언〉

베푸는 마음이야 훌륭해도, 제 주제를 벗어나는 선심은 뒷감당이 안 된다. 앞뒤 가늠도 없이 제 판단만 믿고 부리는 막무가내의 고집은 일을 심각하게 그르치는 첩경이다. 사람은 제 깜냥을 알아야 한다. 동기가 좋다고 해서 결과까지 좋을 수는 없다. 시작만 좋고 끝이 나쁘다면 잘못된 일이다. 사람 좋다는 소리 듣다가 집안을 거덜 내는 사람이 있다. 한 나라가 흥하고 망하는 것도 위정자의 근거 없는 낙관과 자기 확신에 기인하는 경우가 많다. 개인의 일이야 그렇다 쳐도, 나라의 일에 이런 선심과 고집은 종종 걷잡을 수 없는 큰 문제를 야기한다.

쓸수록 불어나는 재물

형체 있는 것은 부서지기 쉽고,

형체 없는 것은 없애기가 어렵다.

스스로 자기 재물을 쓰는 것은 형체로 쓰는 것이요,

남에게 재물을 베푸는 것은 마음으로 쓰는 것이다.

형체를 형체로 누리면 다 닳아 없어지나,

형체 없는 것을 마음으로 누리면

변하거나 없어지는 법이 없다.

有形者易壞, 無形者難滅. 自用其財者, 用之以形, 以財施人者, 用之以神. 形享以
形, 期於敝壞, 神享以無形, 不受變滅也.

정약용, 〈두 아들에게 보여주는 가계示二子家誡〉

형상을 갖춘 것은 쓰면 닳아 없어진다. 형체 없는 마음의 가치는 쓸수록 불어난다. 내 돈 내가 쓰는데 나무랄 사람이야 없지만, 생각 없이 쓰다 보면 쉽게 동이 난다. 내 재물로 어려운 사람을 도우면 흔적 없이 사라질 재물이 받은 사람의 마음과 내 마음에 깊이 새겨져 변치 않을 보석이 된다. 도둑 들까 전전긍긍하고, 불에 탈까 노심초사하다 어느 순간 자취 없이 스러질 재물에 목숨 걸지 마라. 재물은 미꾸라지처럼 내 손안에 들어왔다가 내 눈앞에서 미끌미끌 빠져나간다.

몸과 마음

몸은 부릴 수가 있지만
마음은 부릴 수가 없다.

身可役, 心不可役.
이덕무, 《이목구심서》

내 마음인데도 내가 내 마음의 주인 되기가 결코 쉽지가 않다. 내 마음을 내가 부리지 못하는데 하물며 다른 사람의 마음이겠는가. 아랫사람이라고 해서 함부로 대한다면 당장에 그의 몸을 부릴 수는 있어도, 그의 마음은 내게서 점점 멀어질 것이다. 몸은 마음에 달린 것이니, 마음을 부리면 몸은 저절로 따라온다. 그러나 몸만 부리려 들면 마음은 점점 더 멀어진다. 말을 물가에 끌고 갈 수는 있어도 물을 먹일 수는 없다고 했다. 덕이 필요하다. 인내심이 필요하다.

차이

청렴하되 각박하지 않고,
화합하되 휩쓸리지 않는다.
엄격하되 잔인하지 않고,
너그럽되 느슨하지 않다.

淸而不刻, 和而不蕩. 嚴而不殘, 寬而不弛.
성대중, 〈질언〉

비슷해 보이나 전혀 다른 것을 분간하는 것이 항상 문제다. 맑은 처신은 대체로 저만 잘났다고 생각하는 각박함으로 귀결된다. 내가 청렴한 것은 좋지만 그것으로 남을 탁하다고 내몰면 안 된다. 조화롭게 품어 안는 것과 한통속이 되어 휩쓸리는 것은 확실히 다르다. 좋은 게 좋다 하면 나중엔 하향 평준화가 되니 문제다. 기준을 세워 엄격해야 마땅하나, 남에게 못할 짓을 해서는 안 된다. 내게는 엄격하고, 남에게는 너그러운 것이 순리다. 품이 넉넉해야 하지만 물러터진 것과 혼동하면 못쓴다. 관대한 것과 줏대 없는 것은 같지 않다.

고요히

고요히 앉아 있는 것은 하루 낮의 사업이고,

고요히 눕는 것은 하루 밤의 사업이다.

고요히 앉아 있으면 정신이 엉기고,

고요히 누워 있으면 정신이 단단해진다.

靜坐是一日事業, 靜臥是一夜事業. 靜坐則神凝, 靜臥則精固.

신흠申欽(1566~1628), 〈휘언彙言〉

주자의 글에 '반일정좌半日靜坐 반일독서半日讀書'란 말이 있다. 하루의 반을 갈라 반나절은 고요히 앉아 내면을 응시하고, 반나절은 옛 성현의 말씀을 읽는다. 그러면 마음속에 차곡차곡 내려앉아 쌓이는 것이 있다. 쌓여도 찌꺼기는 남지 않고 투명한 울림만 남긴다. 내 삶에 고요를 깃들이면 정신이 응고된다. 하지만 딱딱해지지 않고 단단해진다. 정신이 단단해지면 들먹들먹하던 엉덩이가 무거워지고, 가볍게 날리던 생각이 차분해진다. 문제는 고요다. 문제는 침묵이다.

가장 애석한 일

정신은 쉬 소모되고
세월은 금세 지나가버린다.
천지간에 가장 애석한 일은
오직 이 두 가지뿐이리라.

精神易耗, 歲月易邁. 天地間最可惜, 惟此二者而已.
이덕무, 《이목구심서》

총명하던 정신은 금세 흐리멍덩해지고, 세월은 귓가에 쌩하는 소리를 남기고 지나가버린다. 세월은 나를 기다려주지 않는다. 잠깐 왔다 가는 세상, 그나마 멍청히 넋 놓고 있다 지나쳐버린다면 애석하지 않으랴. 오늘 놀고 내일이 있다고 말하지 마라. 문득 나 자신을 바른 눈으로 보게 되었을 때는 이미 너무 늦었다. 나이 들어 정신의 긴장이 풀어지면 지겹도록 더디 가는 시간이지만, 젊은 날의 시간은 고밀도로 농축된 시간이다. 젊은 날의 시간이 아깝고, 쏜살같은 세월이 아쉽다.

지금과 옛날

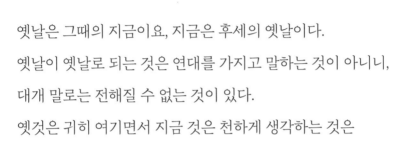

옛날은 그때의 지금이요, 지금은 후세의 옛날이다.

옛날이 옛날로 되는 것은 연대를 가지고 말하는 것이 아니니,

대개 말로는 전해질 수 없는 것이 있다.

옛것은 귀히 여기면서 지금 것은 천하게 생각하는 것은

도리를 아는 말이 아니다.

古者當時之今也, 今者後世之古也. 古之爲古, 非年代之謂也, 盖有不可以言傳者.
若夫貴古而賤今者, 非知道之言也.

홍양호洪良浩(1724~1802), 〈계고당기稽古堂記〉

옛것을 사모하는 지금 사람들이 있다. 옛것은 우아하고 지금 것은 천박하다고 한다. 그들의 머릿속에 든 옛날은 실제의 옛날이 아니라 관념화된 추상일 뿐이다. 하지만 옛날 그들도 지금 우리가 하는 고민을 하고 살았다. 자녀 교육문제를 걱정했고, 남편 실직 때문에 번민했다. 나아지지 않는 처지 때문에 절망했고, 이념의 질곡에 괴로워하며 목숨을 끊었다. 우리가 생각하는 그 옛날도 그때에는 변화해가는 하나의 지금이었다. 지금이 모여 옛날이 된다. 지금이 지금다울 때 옛날이 된다. 지금이 옛날을 본뜨면, 그것은 훗날에는 옛날이 되지 않고, 옛날을 흉내 낸 가짜가 될 뿐이다. 옛날이 되고 싶으면 지금이 되어라.

사람됨의 바탕

성내는 것을 부끄럽게 여기고
뉘우침을 근심하는 것이
사람됨의 바탕이다.

恥憤惕悔, 爲人之基.
이덕무, 《이목구심서》

화내지 않고 살 수야 없는 노릇이지만 혹 화를 내지 않아도 될 장면에서 화를 낸 것은 아니었나 돌아보고, 세상 사는 일에 후회가 없을 수야 없겠으나 혹 지금 나의 행동에도 그러한 점은 없을까 근심한다면, 마땅히 허물이 적으리라. 까닭 없이 화를 내고 행하고는 후회하는 삶을 되풀이하지 않으려면, 이 두 가지를 마음에 새겨야 한다. 자꾸 화를 내면 그 밑에 사람이 모이지 않고, 후회할 일을 되풀이하면 나중엔 돌이킬 수 없는 지경에 이르게 된다.

오직 독서뿐

오직 독서 한 가지 일만이

위로는 족히 성현을 뒤좇아 나란히 할 수 있고,

아래로는 길이 뭇 백성을 일깨워줄 수가 있다.

그윽이 귀신의 정상情狀에 깊이 이르고

환하게 왕도와 패도의 계책을 이끈다.

날짐승과 벌레 따위를 초월하여 큰 우주를 지탱한다.

독서야말로 우리의 본분이다.

唯有讀書一事, 上足以追配聖賢, 下足以永詔烝黎. 幽達鬼神之情狀, 明贊王霸之
謨猷. 超越禽蟲之類, 撑柱宇宙之大. 此方是吾人本分.

정약용,〈윤혜관에게 주는 말爲尹惠冠贈言〉

배만 불러도 행복한 것은 짐승이다. 좋은 옷, 맛난 음식, 멋진 집은 삶의 목적이 아니다. 짐승의 삶과 인간의 삶이 여기서 갈린다. 독서를 통해서만 인간은 자신의 삶을 변화시킬 수 있다. 독서는 나뿐 아니라 나를 둘러싼 세계를 변화시킨다. 배만 부르면 그뿐인 인생, 매일매일이 똑같은 나날 속에서 삶은 문득 정체된다.

운명에 대하여

운명에 내맡김은
뜻을 떨치는 것만 못하다.
지난날을 한탄함은
미래를 위해 힘씀만 못하다.

任命不如勵志. 悵往不如鄙來.
성대중, 〈질언〉

못난 인간이 꼭 운명 탓을 한다. 차라리 그 시간에 뜻을 굳건히 세워 목표를
향해 첫걸음을 뗌이 옳다. 이미 지나가버린 일을 한탄하는 것은 백해무익하
다. 도리어 그 안타까움을 간직해 미래를 준비하는 에너지로 써라. 가버린
날은 돌아오지 않는다. 미래는 깨어 준비하는 자의 소유다. 하늘을 원망할
일이 아니다. 자신을 돌아보면 된다.

선행

남의 선함을 드러내는 일은 한없이 좋은 일이다.

선한 일을 한 사람은 사라지지 않아 더욱 힘쓰게 되고,

이를 들은 사람은 본받게 된다.

내가 이를 말하면 또 본받는 것이 된다.

揚人之善, 是無限好事. 其爲之者, 不湮滅而獎勸, 聞之者, 效則焉. 我其言之, 則
又是效則之也.

이덕무, 《이목구심서》

남의 선행을 드러내어 칭찬했더니 세 가지 이익이 있었다. 선행을 한 당사
자는 더욱 선행에 힘쓰게 되었고, 그 이야기를 들은 사람은 나도 그렇게 해
야겠다고 다짐하게 되었으며, 그 일을 남에게 얘기한 나에게도 그것을 본받
으려는 마음이 싹터났던 것이다.

정민 교수의 고전 필사

어른의 품격은 고전에서 나온다

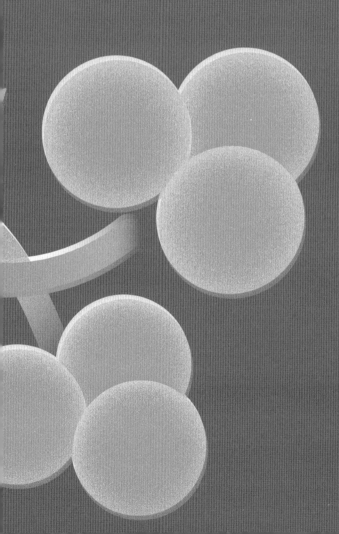

경책의 자세

포용과 인내

포용하면 무리를 모을 수 있고,
인내하면 사물을 거느릴 수 있다.
침묵으로 세상을 살아갈 수 있고,
검약으로 제 몸을 보전할 수 있다.

含容足以畜衆, 忍耐足以率物. 淵黙足以居世, 斂約足以保身.
성대중, 〈성언〉

품이 넓어야 무리를 이끌 수가 있다. 참을성 없이는 통솔력도 없다. 입이 무겁지 않고는 세상살이가 고달파진다. 내딛기보다 거둬들이고, 벌이기보다 가지 치는 것이 몸을 지켜내는 비결이다. 덮어놓고 제 말만 들으라고 하고, 조금만 마음에 안 맞아도 벌컥 성을 내며, 입이 가벼워 말실수가 잦고, 안 나서는 데 없이 자꾸 일을 벌이기만 하면 결국은 남의 외면을 받아 홀로 고립되거나, 지나친 욕심으로 몸을 망치고 만다.

복을 받는 길

충성스럽고 효도를 하는 사람이
반드시 재앙을 면하는 것이 아니고,
음란방탕한 자가 꼭 복이 박한 것도 아니다.
하지만 선을 행하는 것이 복을 받는 길인지라
군자가 힘써 선을 행할 뿐이다.

忠孝者未必免禍, 淫逸者未必薄福. 然爲善是受福之道, 君子強爲善而已.
정약용, 〈두 아들에게 보여주는 가계示二兒家誡〉

행위가 결과를 담보하지 못한다. 좋은 일을 해서 꼭 잘되는 법이 없고, 나쁜 짓을 하고도 잘 먹고 잘산다. 그렇다면 굳이 좋은 일 하려 애쓸 필요가 없지 않을까? 나쁜 짓 하고도 뒤탈이 없다면 그 나쁜 짓은 나쁜 것이 아니지 않을까? 그렇지 않다. 그 셈법은 인간의 판단으로 따져서는 안 된다. 선을 행하는 것은 해야 해서가 아니라 하지 않을 수 없어서다. 내가 내 삶 앞에 떳떳해지기 위해서다.

일 없는 즐거움

아무 일 없을 때 지극한 즐거움이 있건만
사람들은 스스로 알지 못한다.
뒤에 반드시 문득 이를 깨닫게 될 때는
이를 위해 근심하고 걱정하고 있을 때이다.

無事時至樂存焉, 但人自不知耳. 後必有忽爾而覺, 爲此憂患時也.
이덕무, 《이목구심서》

아무 일 없는 것을 행복으로 알아야 한다. 늘상 일 속에 파묻혀 살다 보면 아무 일도 없는 것이 외려 불안할 때가 있다. 그래서 공연히 없던 일을 만들고, 새 일을 벌인다. 지극한 즐거움이 바로 일 없는 가운데 있음을 모른다. 일 없는 것이 곧 안일함을 뜻하지는 않는다. 일이 없다 해서 나태에 빠지고 타성에 젖는 것은 소인들의 일이다. 일 없을 때 정신을 맑게 하고 고요함을 길러 마음에 새로운 기운을 충만케 하는 것이 군자의 일이다.

명예와 부귀

명예가 성대한 사람은

오직 거두어 물러나야 욕됨을 멀리할 수 있다.

부귀가 지극한 사람은

다만 겸손하고 공손해야 재앙을 면할 수 있다.

 名譽盛者, 惟斂退可以遠辱. 富貴極者, 惟謙恭可以免禍.
성대중, 〈성언〉

지나친 명예는 욕을 가져오고, 넘치는 부귀는 화를 부른다. 끝까지 누리려 들면 끝이 안 좋다. 절정에서 슬그머니 거두어 물러나고, 한창일 때 오히려 더 낮추어 겸손해야 맑은 이름을 오래 간직한다. 짓이겨 끝장을 보려 하면 결국 욕됨을 부르고 만다. 군림하여 교만한 끝에 반드시 재앙이 따라온다. 그때 가서 아뿔싸 해도 때는 이미 늦었다.

근면

부지런함이란 무엇인가?

오늘 할 수 있는 것을 내일로 미루지 않는다.

아침나절에 할 수 있는 일을 저녁까지 늦추지 않는다.

갠 날에 할 일을 미적거리다가 비를 만나게 하지 않는다.

비 오는 날에 할 일을 꾸물대다가 날이 개게 하지 않는다.

何謂勤? 今日可爲, 勿遲明日. 朝辰可爲, 勿遲晩間. 晴日之事, 無使荏苒値雨.
雨日之事, 無使遷延到晴.

정약용, 〈또 두 아들에게 보여주는 가계〉

근면함 속에 항심恒心이 싹튼다. 항심은 삶의 든든한 뒷심이다. 작은 상황 변화에 흔들리지 않으려면 항심이 있어야 한다. 각자의 직분을 알아 맡은 일에 충실한 것이 근면의 시작이다. 지금 당장 할 일과 미루어도 좋을 일을 분간하는 것이 부지런함의 출발이다. 이 판단을 잘못하면 아무리 열심히 노력해도 결과가 늘 안 좋다. 해야 할 일을 안 하고 안 해도 될 일을 열심히 하면, 죽어라 애를 써도 거둘 보람이 없다. 하는 일 없이 빈둥거리지 마라. 영혼에 독소를 주입하는 일이다.

마음의 여유

그 마음이 드날리며
또 물건에 크게 빠져 일정함이 없기보다는,
차라리 시답잖은 놀이에라도 잠시 마음을 붙여 순하게 펴서
그 번다함과 조급함을 잊는 것이 낫다.

與其心飛揚, 而且大溺于物, 無所定也, 寧細弄碎戲之稍寓心而順暢, 忘其煩躁也.
이덕무, 《이목구심서》

들뜬 마음을 가라앉히지 못해 공연히 번잡스런 사람들이 있다. 옆에 있던 사람마저 불안하게 만든다. 물건을 향한 과도한 집착 때문에 평상심을 잃고 마는 사람들이 있다. 그것을 손에 넣고야 말겠다는 생각으로 그는 다른 어떤 일도 할 수가 없다. 그럴 때는 차라리 바둑이라도 한판 두면서 마음의 조급함을 가라앉히는 여유가 필요하다. 부글부글 끓던 마음과 머리를 식힐 필요가 있다.

언사

많은 말을 하지 말고, 많은 일을 벌이지 말라.

말이 많으면 실패가 많고, 일이 많으면 해가 많은 법이다.

안락을 반드시 경계하고, 후회할 일은 하지를 말아라.

무슨 손해가 있겠느냐고 말하지 말라. 그 화가 장차 오래가리라.

해될 게 무어냐고 말하지도 말아라. 그 화가 길고도 클 것이다.

듣지 못했다고 말하지 말라. 귀신이 사람을 엿보고 있나니.

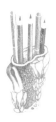

毋多言, 毋多事. 多言多敗, 多事多害. 安樂必戒, 毋行所悔. 勿謂何傷. 其禍將長.
勿謂何害. 其禍長大. 勿謂不聞. 神將伺人.

허목, 〈기언서記言序〉

말이 말을 낳고, 시비가 시비를 낳는다. 일은 일을 부르고, 마침내는 거기서 헤어나지 못하게 된다. 말을 줄이고, 일을 줄이자. 그저 편안히 놀고먹는 것이야 마땅히 경계해야겠지만, 후회할 행동을 해서는 안 되겠다. 지금은 아무것도 아닌 듯 보이는 일이 사실은 화의 뿌리가 되고, '뭐 어때!' 하고 한 일이 걷잡을 수 없는 재앙의 근원이 된다. 졸졸 새는 물이 둑을 무너뜨리고, 작은 불씨가 큰 집을 불태운다. 사소한 습관이 몸을 망치는 그물이 되고, 작은 단서가 큰 빌미가 된다. 입을 굳게 다물고, 밖으로 놀러 나간 마음을 안으로 거두자.

더 어려운 일

적을 물리치기는 쉽다.

공을 자랑하지 않기가 더욱 어렵다.

却賊易. 不伐功尤難.

김육金堉(1580~1658), 《**해동명신록**海東名臣錄》

임진왜란 때 일이다. 이정암李廷馣이 황해도 연안에서 왜적을 맞아 싸우게 되었다. 성안에는 오백의 군사가 있었고, 해주를 함락한 후 승승장구 쳐들어온 왜병은 삼천 명이 넘었다. 그는 섶을 쌓고 그 위에 앉아 지휘했다. 성이 함락되면 스스로 불을 질러 타죽겠다고 했다. 합심하여 나흘간을 죽기살기로 싸웠다. 죽고 부상한 왜병이 반이 넘었다. 마침내 연안성을 포기하고 포위를 풀고 떠났다. 이 연안성 전투는 임진왜란 당시 조선이 거둔 몇 안 되는 승리 가운데 하나다. 마침내 그의 보고서가 조정에 도착했다. "신은 삼가 아룁니다. 적이 아무 날에 성을 포위하였다가, 아무 날에 포위를 풀고 떠나갔나이다." 단 한 줄뿐이었다. 얼마나 열악한 상황에서 벌어진 전투였는지, 세운 전과가 얼마나 엄청났는지, 적에게 입힌 타격이 얼마나 컸는지 입도 떼지 않았다.

지나친 복

지극히 잘 다스려진 뒤에는 반드시 큰 혼란이 있다.
큰 풍년 뒤에 반드시 심한 흉년이 든다.
그런 까닭에 음식은 너무 기름진 것을 찾지 말고,
복은 지나치게 무거운 것을 택하지 말라.

至治之餘, 必有甚亂. 大豐之後, 必有過歉. 故求食毋腴, 擇福毋重.
성대중, 〈질언〉

태평성대가 오래가면 사람들이 타성에 젖는다. 큰 풍년에 신나서 흥청망청하다 보면 준비 없이 흉년을 맞는다. 타성은 작은 어려움도 못 견디게 만들고, 대비가 없으면 보통의 기근도 참기가 어렵다. 음식은 조금 부족한 듯한 것이 좋다. 복은 늘 약간 부족한 듯이 누려라. 과식을 하면 체하게 되고, 지나친 복은 재앙의 빌미가 된다.

경계

경박함은 중후함으로 바로잡고,

급한 성격은 느긋함으로 고친다.

치우침은 너그러움으로 바루고,

조급함은 고요함으로 다스린다.

사나움은 온화함으로 다잡고,

거친 것은 섬세함으로 고쳐나간다.

輕當矯之以重, 急當矯之以緩. 偏當矯之以寬, 躁當矯之以靜. 暴當矯之以和,
麤當矯之以細.

상진尙震(1493~1564), 〈자경명自警銘〉

상진이 자신의 좌우명으로 세운 다짐이다. 그는 이 서른여섯 자를 직접 써서 자손에게 물려주었다. 경박함과 조급함, 치우침과 사나움, 그리고 깔끔치 못한 일처리 때문에 세상살이 대부분의 문제가 발생한다. 아! 덜렁대며 무심히 한 행동 때문에 감당할 수 없게 커진 일들이 얼마나 많았던가? 나는 더 무거워지겠다. 좀 더 여유 있게 행동하고, 너그럽게 대하겠다. 고요히 생각하고, 온화하게 행동하며, 차분하게 따져볼 줄 아는 심성을 기르겠다.

탁옥琢玉

어질지 않은 사람과 벗으로 사귀면
서툰 목수가 목재를 다듬거나
용렬한 장인이 옥을 다듬는 것과 같아서
성취하지 못할 것이 분명하다.

友而非良, 殆猶拙匠之攻材, 庸工之治璞, 其不成必矣.
신흠, 〈택교편擇交篇〉

사람이 아무리 잘나도 저 혼자서는 안 된다. 유익한 벗이 있어 곁에서 밀어 주고 도와주지 않으면 안 된다. 훌륭한 재목이 못난 목수를 만나는 것은 재 앙이다. 멋진 옥이 안목 없는 장인을 만나면 그냥 돌과 같이 취급되어, 초나 라 사람 변화卞和는 옥을 바치고도 뒤꿈치만 잘리고 말았다. 알아보더라도 안목과 솜씨가 없으면 귀한 재료를 이리 깎고 저리 깎아 못쓰게 만들어버린 다. 이와 마찬가지로 내 타고난 자질이 뛰어나도 나쁜 친구와 만나면 함께 끌어안고 진흙탕에 뒹굴게 된다. 벗 사귐을 어이 함부로 하랴.

꿈자리

하루 종일 한 바를 고요한 밤에 생각해보면

후회가 반드시 생기게 마련이다.

밤새 꾼 꿈을 이른 아침에 생각해보면

두려움이 또한 깊지 않을 수 없다.

밤꿈이 번잡스러운 것은

낮일이 가지런하고 엄숙하지 못한 데서 말미암는다.

사람이 만약 고요한 밤에 후회하는 마음을 미리 가슴에 품고서

아침과 대낮에 일할 바를 경계하여 삼간다면

밤꿈 또한 마땅히 이를 좇아 편안해질 것이다.

竟日之所爲, 靜夜思之, 悔必生焉. 終宵之所夢, 平朝念之, 懼亦深焉. 夜夢之煩亂, 由於晝事之不齊莊. 人若預將靜夜之悔心, 念着胸中, 而戒愼於朝晝之所事, 則夜夢亦應縱此帖妥.

이덕무, 《이목구심서》

하는 일, 품은 생각이 잡되고 보니 밤의 꿈자리가 늘 뒤숭숭하다. 꿈자리가
사납거든 자신을 돌아보고 삼가고 경계할 일이다. 꿈은 무의식의 거울이다.
내가 미처 의식하지 못하는 내 모습이다. 거기에 비친 내 모습에 내가 놀라
지 않도록 내 마음가짐과 몸가짐을 가다듬고 또 가다듬어야겠다.

마음가짐

학문하는 방법은 책 속에 자세히 실려 있다.

하지만 그 요점은 다만 심술心術을 바로잡는 데 있을 뿐이다.

심술이 바른 뒤에야 어버이를 섬기고, 임금을 섬기고,

벼슬길에 임하고, 백성을 다스리는 온갖 일을 해낼 수가 있다.

그렇지 않으면 비록 능히 성현의 글을 읽고

화려한 문장을 잘 짓는다 해도,

마침내 또한 소인 됨을 면할 수가 없다.

爲學之方, 具載方冊. 然其要只在乎正心術而已. 心術旣正然後, 思親思君, 理官
理民, 百事可做. 不然則雖能讀聖賢之書, 能工華藻之文, 終亦不免爲小人之儒矣.

권근, 〈제주향교기提州鄕校記〉

공부하는 방법이야 책에 이미 다 쓰여 있다. 방법을 몰라 공부를 못하는 경우란 없다. 다만 마음가짐이 올바르지 못해 공부가 되지 않는 것일 뿐이다. 올바르게 배우는 데 특별한 요령은 없다. 부지런한 노력도 중요하지만, 바른 마음가짐이 없이는 안 된다. 훌륭한 스승이 필요하지만, 바른 마음가짐이 없으면 소용이 없다. 좋은 환경도 좋지만, 바른 마음가짐이 없으면 큰 성취를 이룰 수 없다. 모든 것은 바른 마음가짐에서 비롯된다.

희로喜怒의 말

기쁠 때의 말은 신의를 잃기 쉽고,

성났을 때의 말은 체모體貌를 잃기 쉽다.

喜時之言, 多失信, 怒時之言, 多失體.

유계俞棨(1607~1664), 〈잡지雜識〉

기쁜 일이 있어 기분이 좋을 때는 마음이 들떠 지키지도 못할 말을 쉽게 한다. 화가 나서 평정을 잃으면 평소에 하지 않던 말을 넘치게 해서 체모, 곧 도리를 잃고 만다. 청나라 주석수朱錫綬는 《유몽속영幽夢續影》에서 "근심이 있을 때는 술을 함부로 마시지 말고, 성났을 때는 편지를 쓰지 말라"고 했다. 또 "잠깐의 분노로 남을 꾸짖지 말고, 잠시 기쁘다고 덜컥 승낙하지 말라"고도 했다. 다 같은 말이다. 감정이 고조되었을 때의 판단은 믿을 수가 없다. 한때의 기분에 좌우되어 큰일을 그르치기 쉽다. 감정은 조절할 줄 알 때 빛이 난다.

소일과 석음

눈도 밝고 두 손도 멀쩡하면서 게으름 부리기를 즐기는 자는

툭하면 소일하기가 아주 어렵다고 말한다.

소일消日 즉 '날을 보낸다'는 두 글자는

석음惜陰 곧 '시간을 아낀다'는 말과는 서로 반대이니

크게 상서롭지 못한 말이다.

내가 비록 부족하지만, 일찍이 이 말을 입 밖에 낸 적이 없다.

眼明手便, 而喜懶散者, 動必曰消日甚難. 消日二字, 與惜陰相反, 大是不祥語.
予雖鹵, 未嘗出此語.

이덕무, 《사소절士小節》

소일이란 말 그대로 날을 소비하는 것이다. 빈둥거리며 하루를 때우는 것이다. 석음은 촌음寸陰의 짧은 시간도 아낀다는 말이다. 가야 할 길은 멀고 해야 할 일은 많으니 짧은 시간도 아깝기 짝이 없다. 특히나 젊은 날의 시간은 금쪽보다 귀하다. 심심하다는 말을 입에 담아서는 안 된다. 제 복을 제가 깎는 말이다. 그런 생각이 들 때마다 뒤통수가 뜨끈해지고 등줄기에 식은땀이 흘러야 한다. 내가 인생을 탕진하고 있다는 증거이기 때문이다. 소일하는 것과 여가를 갖는 것을 혼동해서는 안 된다. 하나는 그저 시간을 죽이는 것이고, 하나는 새로운 도약을 위한 충전이다.

진퇴

나아갈 때는 남의 도움을 받지 않고,
물러날 때는 남을 탓하지 않는다.

進不藉人, 退不尤人.
성대중, 〈질언〉

진취는 제힘으로 이룩하고, 형편이 여의치 않으면 제 탓으로 돌리며 물러나야 한다. 제힘으로 나간 자리라야 깨끗이 물러날 수가 있다. 돈 쓰고 백 써서 어렵게 얻은 자리라면 결코 그러지 못한다. 연줄 연줄 닿아서 어렵게 한자리 얻고 나면 간이라도 빼줄 듯 속없이 군다. 제 실력으로 올라간 자리가 아닌지라, 윗사람 비위 맞추기에 여념이 없다. 옳고 그름은 따질 여력도 없다. 그러다가 자리에서 쫓겨나면 그렇게 충성을 바쳤는데 뒤를 봐주지 않는다며 원망과 저주를 퍼붓는다. 끌어주는 사람은 단물만 빼먹고 버리고, 올라가는 사람도 적당히 이용만 하려 들지 마음에서 우러나는 존경이 없다. 걸은 굽실거려도 속으로는 두고 보자 한다. 진퇴가 참으로 어렵다.

고식 姑息

하던 대로 따라 하고, 잠시의 편안함만 취하며,
구차하게 놀고, 임시변통으로 때운다.
천하의 온갖 일이 이 때문에 허물어지고 만다.

因循姑息, 苟且彌縫. 天下萬事, 從此墮壞.
박지원朴趾源(1737~1805), 《과정록過庭錄》

인순고식因循姑息이란 예전 해오던 대로 똑같이 따라 하고, 잠시 제 몸 편안한 것만 생각하여 바꿀 생각이 없고, 향상할 욕구도 없는 상태다. 구차미봉苟且彌縫은 그러다가 일이 생기면 정면으로 돌파할 생각은 않고 어찌어찌 술수를 부려 임시변통으로 대충 없던 일로 하고 넘어가는 태도다. 인순고식도 나쁘지만 구차미봉은 더 나쁘다. 대충 꿰맨 자리는 언젠가는 다시 터지고, 구차하게 술수를 부려 넘어간 일은 그다음 번에는 통하지 않는다. 변화할 줄 모르는 삶, 향상을 거부하는 삶은 밥벌레의 삶이다.

자세

무릇 사람은 공경하는 마음이 일어나면
무릎이 절로 꿇어진다.
꿇은 무릎을 풀면 마음속의 공경도 풀어짐을 느낀다.
낯빛을 바로 하고 말씨를 공손히 하는 것은
꿇어앉지 않고는 이루어지지 않는다.
장차 이 한 가지 일에 따라 자신의 뜻과 기운이 드러나니
꿇어앉지 않을 수가 없다.

凡人起敬時, 其膝自跪. 跪解知內敬亦懈. 正顔色恭辭氣, 非跪不成. 且從此一事,
驗自家志氣, 不可不跪.
정약용, 〈반산 정수칠에게 주는 말爲盤山丁修七贈言〉

18세기, 중국에서 간행된 휴대용 소책자가 조선에서 인기를 끌었다. 소매 속에 넣고 다닐 정도로 작다고 해서 수진본袖珍本이라 했다. 그런데 책이 작다 보니 성현의 말씀이 담긴 경전을 드러누워 보는 것이 문제가 되었다. 어찌 감히 성현의 말씀을 누워서 볼 수 있느냐고 책의 수입을 금지시킨 일이 있다. 흐트러진 자세로 투철한 정신을 얻을 수는 없다. 공부하다 문자 보내고, 문제 풀다 통신하면서는 제대로 된 공부를 할 수가 없다. 허리를 곧추세우고 앉으면 단전에서부터 정수리로 뜨거운 기운이 밀고 올라온다. 허리를 숙이거나 등을 기대면 기운은 다시 흩어진다. 바른 자세로 앉을 때 낯빛이 바르게 되고, 말투가 공손해진다. 바른 자세 속에 성실한 마음이 깃든다.

시정의 선비

선비가 한 닢의 돈을 아까워하면
털구멍이 죄 막혀버리고,
시정의 사람이라도 뱃속에 수천 자를 간직하고 있다면
눈동자에 환한 빛이 있다.

士惜一文錢, 毛孔盡窒, 市井腹中略有數千字, 眸子朗然有光.
이덕무, 《선귤당농소蟬橘堂濃笑》

한 푼 동전을 아까워할진대 그를 선비라 하랴. 그의 털구멍은 탐욕과 인색으로 죄 막혀버려서, 바람이 시원한 줄도, 봄꽃이 향기로운 줄도 깨닫지 못하게 된다. 세계로 향한 촉수가 모두 막혀버린 그를 나는 선비라 부르지 않겠다. 그는 밥벌레일 뿐이다. 시정에서 부대끼며 살아가는 속물 같은 인생일지라도 가슴속에 한 권의 책을 지니고 있다면 그 눈동자는 환히 빛이 날 것이다. 그는 지저귀는 새소리를 들을 줄 아는 귀를 지녔다. 그는 흘러가는 물소리를 가슴에 들일 줄 아는 마음을 지녔다. 그는 선비다.

수졸守拙

졸拙한 것은 교묘한 것의 반대다.

임기응변의 교묘한 짓을 하는 자는 부끄러움이 없다.

부끄러움이 없는 것은 사람의 크나큰 근심이다.

남들이 이로움을 즐겨 이를 구하려 나아가도,

나는 부끄러움을 알아 그 의로움을 지키는 것이 졸이다.

남들이 속임수를 즐겨 교묘한 짓을 하더라도,

나는 부끄러움을 알아 그 참됨을 지키는 것 또한 졸이다.

졸이란 남들은 버려도 나는 취하는 것이다.

拙巧之反. 爲機變之巧者, 無所用恥. 無恥者, 人之大患. 人嗜於利而求進, 我則知恥, 而守其義者拙也. 人喜於詐而爲巧, 我則知恥, 而守其眞者亦拙也. 拙乎人棄而我取之者也.

권근, 〈졸재기拙齋記〉

세상 살면서 '졸'을 지켜가기가 교묘하게 살기보다 훨씬 더 어렵다. 졸을 지키다는 것, 곧 수졸은 옛사람들이 꿈꾼 삶이기도 하다. 수졸은 부끄러움을 간직하는 것이다. 당장에 큰 이익이 눈에 보여도 가선 안 될 길은 가지 않는다. 잠깐 눈을 질끈 감으면 다 속아넘어갈 일인데도 나 자신만은 차마 속일 수가 없다. 아무도 거들떠보지 않는 의로움을 지키고 참됨을 간직하는 일, 남들은 다 가지 않는데 나는 굳이 찾아가는 길, 그 길이 바로 졸의 길이다.

품은 뜻이 크다면

뜻만 컸지 면밀함이 없는 사람은
허튼짓을 하고,
재주가 거친데도 정밀하지 못한 사람은
외람되게 된다.

志大而無委曲者濶, 才粗而不精密者濫.
이덕무, 《이목구심서》

지닌 포부가 크다면 그 포부를 성취할 수 있는 구체적인 계획을 세워라. 그러지 않으면 그 큰 포부가 오히려 발목을 잡게 되리라. 부족한 재주는 정밀하고 꼼꼼한 점검을 통해 채울 수가 있다. 그런데 재주가 부족한 사람에게는 이런 꼼꼼함이 애초에 없다. 완급과 선후를 판단하는 능력이 없으므로, 우선 할 것을 나중에 하고, 천천히 해도 될 일은 서둘러 한다. 자신은 부지런히 일했다고 생각했는데, 막상 이룬 것은 하나도 없다. 그러고는 남을 원망하고 하늘에 대고 투덜거린다.

공평한 이치

천지는 만물이 좋은 것만 다 가질 수는 없게 하였다.

때문에 뿔 있는 놈은 이빨이 없고,

날개가 있으면 다리가 두 개뿐이다.

이름난 꽃은 열매가 없고, 채색 구름은 쉬 흩어진다.

사람 또한 그러하다.

기특한 재주와 화려한 기예가 있으면

공명功名이 떠나가 함께하지 않는 것이 이치다.

天地之於萬物也, 使不得專其美. 故角者去齒, 翼則兩其足. 名花無實, 彩雲易散.
至於人亦然. 界之以奇才茂藝, 則革功名而不與, 理則然矣.
이인로李仁老(1152~1220), **《파한집破閑集》**

좋은 것만 골라서 한 몸에 다 지니는 이치는 어디에도 없다. 뛰어난 재주와 부귀영화는 함께하지 않는 경우가 더 많다. 빼어난 기예는 공명과는 인연이 멀다. 한꺼번에 누리려 하지 마라. 지금 가진 것마저 잃게 된다. 다 가지려 들지 마라. 손에 든 것을 놓아야 새것을 쥘 수 있는 법.

세 가지 힘쓸 일

용모를 움직이고, 말을 하고, 낯빛을 바로 하는 것은
학문함에 있어 최초로 들어가는 지점이다.
진실로 이 세 가지에 능히 힘 쏟지 않고는
비록 하늘에 통할 재주와 남보다 뛰어난 식견을 지녔더라도
끝내 뒤꿈치를 딛고서 다리로 설 수 없게 된다.

曰動容貌, 曰出辭氣, 曰正顏色, 爲學問最初入頭處. 苟不能於此三者乎用力, 則
雖有通天之才絶人之識, 終無以著得跟立得脚.
정약용, 〈두 아들에게 부침寄兩兒〉

용모를 단정히 하고 낯빛을 바로 하는 것, 말을 함부로 하지 않는 것, 공부는 이 세 가지 일에서 시작된다. 제멋대로 말하고, 검속함이 없으며, 얼굴빛에 일정한 기운이 없으면 재승박덕才勝薄德이 되어 제 재주로 제 발등을 찍고 만다. 이것이 더하면 나중에는 패려궂고 경박하며 이단잡술에 흘러 자신을 속이고 세상을 속이고 못하는 짓이 없게 된다. 처음엔 작은 차이였는데 나중엔 천 리의 거리가 된다. 처음을 삼가라. 몸가짐을 조심하라.

권면과 징계

악한 짓을 하고도 재앙이 없다면 누가 착한 일을 하며,
실패하고도 벌이 없다면 왜 공을 세우려 들겠는가?
어리석은데도 나무라지 않는다면 무엇 때문에 현명하려 하며,
잘못하고도 욕먹지 않는다면 누가 옳은 일을 하려 들겠는가?
그런 까닭에 군자는 권면하고 소인은 징계하려 하는 것이다.

惡而無殃, 何以處善, 敗而無罰, 何以處功? 愚而無咎, 何以處賢, 非而無辱, 何以
處是? 故君子欲其勸, 小人欲其懲.
성대중, 〈성언〉

나쁜 짓을 하고도 떵떵거리며 잘살고 좋은 일을 했는데도 아무 보답이 없으면, 사람들은 선을 버리고 악을 좇는다. 실패한 사람과 성공한 사람의 대우가 같으면, 아무도 자신을 희생해서 공을 세울 생각을 하지 않는다. 어리석은 사람과 현명한 사람의 구분이 서지 않으면, 대충 살려고 하지 굳이 힘들게 따져 바로잡으려 들지 않는다. 시시비비가 분명치 않으면 분간이 흐려져 질서를 유지할 수가 없다. 군자는 자꾸 북돋고 권면하여 선한 길로 향상시키고, 소인은 그때마다 징계해서 나쁜 마음을 먹지 못하도록 해야 한다. 반대로 소인을 권면하고 군자를 징계하면 역효과만 난다. 좋은 게 좋은 게 아니다. 나라를 다스리고 집단을 끌고 가는 데는 선악시비의 명분을 엄격히 세워야 한다.

음덕

남에게 돈이나 재물을 베풀면서
미간에 애써 억지로 하는 빛이 있으면
음덕을 크게 덜게 된다.

施人錢財, 眉有勉强色, 大損陰德.
이덕무, 《이목구심서》

베풀었거든 보답을 구하지 마라. 생색내지 마라. 내민 손길이 무색해진다. 음덕은 보이지 않게 쌓인다. 사람의 만남에 '사이'가 없다면 얼마나 좋을까? 이리저리 계교하는 마음, 서로 베풀고 그것이 빌미가 되어 서로에게 상처를 주는 마음이 없다면 좀 기쁠까? 너와 나의 사이에 구름을 걷어내고 환한 가을 하늘을 열자.

정민 교수의 고전 필사

어른의 품격은 고전에서 나온다

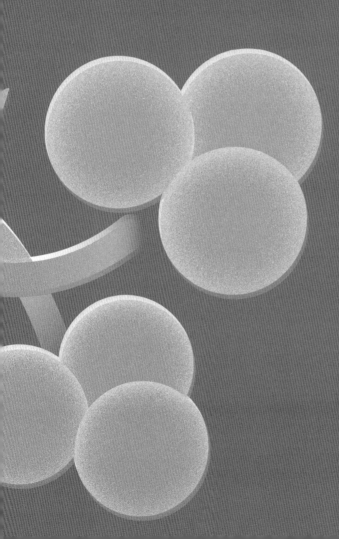

시비의 가늠

저울

천하에는 두 가지 큰 저울이 있다.

하나는 시비是非 즉 옳고 그름의 저울이고,

하나는 이해利害 곧 이로움과 해로움의 저울이다.

이 두 가지 큰 저울에서 네 가지 큰 등급이 생겨난다.

옳은 것을 지켜 이로움을 얻는 것이 가장 으뜸이다.

그다음은 옳은 것을 지키다가 해로움을 입는 것이다.

그다음은 그릇됨을 따라가서 이로움을 얻는 것이다.

가장 낮은 것은 그릇됨을 따르다가

해로움을 불러들이는 것이다.

天下有兩大衡. 一是非之衡, 一利害之衡也. 於此兩大衡, 生出四大級. 凡守是而
獲利者太上也. 其次守是而取害也. 其次趨非而獲利也. 最下者趨非而取害也.

정약용, 〈아들 학연에게 답합答淵兒〉

시비와 이해의 네 가지 조합이 만들어내는 네 가지 삶의 등급이 있다. 옳은 일을 해서 이롭게 되는 것이 첫째요, 옳은 일을 하다가 해롭게 되는 것이 둘째다. 그른 일을 해서 이롭게 되는 것은 셋째다. 그른 일을 하다가 해롭게 되는 것이 넷째다. 옳은 것을 지켜 이로움을 얻기란 쉽지 않다. 옳은 것을 지키다가 해를 입는 것은 싫다. 그래서 사람들은 그른 일을 해서라도 이로움을 얻으려고 하다가 마침내 해로움만 불러들이고 만다. 첫째는 드물고 둘째는 싫어 셋째를 하다가 넷째가 되고 마는 것이다.

앎과 행함

예로부터 앎과 행함을 나란히 펼치기는 매우 어렵다.

민첩하게 나아가는 사람은 바탕이 깊지가 않고,

굳게 지켜 확실한 자는 총명함이 예리하지 못하니,

둘 다 병통이 있다.

그러나 굳게 지켜 확실한 자의 굳세고 용감함이

민첩하게 나아가는 자의 허랑되고 실속 없음보다 낫다.

終古知行幷施者極難. 敏邁者根植不深, 堅確者穎鋒不利, 俱歸病窟. 然堅確者之
固果, 勝於敏邁者之空落.

이덕무, 《이목구심서》

아는 대로 행할 수만 있다면 무슨 문제가 있겠는가? 자신의 총명을 믿고 언제나 한발 앞서 재빠르게 행동하는 사람들은 그 본바탕이 깊지 않아 바닥이 금세 드러난다. 그러나 이리 재고 저리 재고 신중에 신중을 기하는 사람들은 늘 정해진 틀을 벗어나지 못하니 탈이다. 그러나 둘 중에 하나를 택하라면 나는 후자를 택하겠다. 사람에게는 식견이 필요하고, 그 식견을 행동으로 옮길 수 있는 담력이 필요하다. 알기만 하고 행동할 줄 모르면 그 앎이 무의미하고, 행동만 하려 들면서 머릿속에 든 것이 없으면 자꾸 일만 저지르고 만다.

보고 듣기

남을 살피느니 차라리 스스로를 살피고,

남에 대해 듣기보다 오히려 스스로에 대해 들으라.

與其視人寧自視, 與其聽人寧自聽.

위백규魏伯珪(1727~1798), 〈좌우명座右銘〉

위백규가 열 살 때 지었다는 좌우명이다. 그 조숙함이 참 맹랑하다. 자꾸 눈
길을 밖으로 향해 기웃거릴 것 없다. 남 잘못하는 것만 눈에 들어오고, 제 허
물은 덮어 가린다. 남 비방하는 말은 솔깃해서 듣고, 남이 제 말 하는 것은
못 견딘다. 그러나 나는 나요 남은 남일 뿐이다. 공연히 바깥말에 혹해 솔깃
하기보다, 내 눈을 똑바로 떠 내가 나를 보고, 내 귀를 열어놓아 내가 나를
듣는 것이 백번 낫지 않을까!

착시

나약함은 어진 것처럼 보이고,
잔인함은 의로움과 혼동된다.
욕심 사나운 것은 성실함과 헷갈리고,
망령됨은 곧음과 비슷하다.

懦疑於仁, 忍疑於義. 慾疑於誠, 妄疑於直.
성대중, 〈질언〉

속도 없이 물러터진 것과 어진 것은 다르다. 원리 원칙을 지킨다며 남을 괴롭히고 융통성 없이 구는 것은 의로운 것이 아니라 잔인한 것이다. 나 아니면 안 된다고 모든 일 그러쥐고 욕심 사납게 구는 것을 성실함이라고 착각하는 이가 의외로 많다. 나설 자리 안 나설 자리 구분 못 하고 아무 때나 중뿔나게 나서 헛소리하는 것을 강직하다고 말하면 곤란하다. 대부분 조직의 문제는 이 둘을 착각하는 데서 생긴다. 나약함을 어짊과 혼동하면 기회를 놓치고 만다. 잔인함과 의로움을 구분 못 하면 아랫사람이 괴롭다. 욕심을 성실과 착각하면 나는 죽어라 일만 하는데 남들은 논다고 푸념하게 된다. 망령됨과 곧음을 잘 분간해야 그 말에 힘이 실리고 행동에 신뢰가 쌓인다.

군자와 소인

군자가 소인을 다스림은 언제나 느슨하다.

그래서 소인은 틈을 엿보아 다시 일어난다.

소인이 군자를 해침은 늘 무자비하다.

그래서 남김없이 일망타진한다.

쇠미한 세상에서는 소인을 제거하는 자도 소인이다.

한 소인이 물러나면 다른 소인이 나온다.

이기고 지는 것이 모두 소인들뿐이다.

君子之治小人也, 常緩. 故小人得以伺隙而復起. 小人之害君子也, 常慘. 故一網無遺. 及夫衰世, 則除小人者乃小人也. 一小人退, 一小人進. 勝負者, 小人而已.

신흠, 〈휘언〉

소인들끼리 치고받고 다 해먹는 세상은 희망이 없다. 군자는 이미 씨가 말라 찾아볼 수가 없다. 간혹 군자가 다스리는 세상이 되어도 그들은 소인을 감싸안고 함께 가려 하므로, 결국에는 소인의 책략에 걸려 희생되고 만다. 나중에는 소인들만 남아서 자기들끼리 뺏기고 빼앗는다. 잔머리 굴리는 것을 국가를 위한 책략으로 착각하고, 남 해치는 것을 나라의 우환을 제거키 위한 충정으로 미화한다. 그 싸움에서 이긴 자도 소인이고, 진 자도 소인이다. 슬픈 것은 이들이 망할 때는 자신만 망하는 것이 아니라, 다른 사람까지 물귀신처럼 같이 물고 들어가 함께 망하게 한다는 점이다.

경박과 총명

경박하고 조급한 사람은

스스로 총명하고 민첩하다 여겨 자부하고,

느리고 둔한 사람은

스스로 중후하다 여겨 든든해한다.

진짜로 총명하고 정말로 민첩하며 참으로 중후한 것은

절로 일정한 격조가 있는 줄을 모른다.

輕躁者, 自恃以爲聰敏, 遲鈍者, 自恃以爲厚重. 不知眞聰敏眞厚重, 自有定格.
이덕무, 《사소절》

잠시도 가만있지 못하는 사람이 있다. 쉴 새 없이 일을 벌인다. 눈은 언제나 사방을 두리번거리고, 무슨 일에든 끼어들지 못해 안달을 한다. 그러면서 자신이야말로 똑똑하고 날랜 사람이라고 자부한다. 무슨 일이건 느려터진 사람도 있다. 조금만 정신 차리면 늦지 않을 일도 느지렁거리다 그르치고 만다. 다른 사람들을 불편하게 만든다. 그러면서 자신은 잘못이 없고, '요즘 사람들이 왜 이렇게 급한지 모르겠어!' 한다. 경박과 총명은 다르다. 조급과 민첩은 다르다. 더딤과 두터움은 같지 않다. 둔함과 무거움도 같지 않다. 저 좋을 대로 생각하지 마라. 착각하지 마라.

외양

말을 살핌은 비쩍 마른 데서 놓치게 되고,
선비를 알아봄은 가난에서 실수가 생긴다.

相馬失之瘦, 相士失之貧.
김득신金得臣(1604~1684), 《종남총지終南叢志》

세상에 천리마가 없었던 적은 없다. 다만 그것을 알아보는 백락伯樂이 없었
을 뿐이다. 혈통 좋은 천리마도 기르는 사람을 잘못 만나면 비루먹어 병든
말이 된다. 겉만 보고는 잘 알 수가 없다. 비쩍 말랐다고 사람들이 거들떠보
지도 않은 말 속에 명마가 있다. 꾀죄죄한 행색 때문에 눈길 한 번 받지 못하
는 가난한 선비 가운데 숨은 그릇이 있다. 하지만 우리 눈은 언제나 껍데기
만 좇아다닌다. 번드르르한 겉모습에 번번이 현혹되어 속는다. 본질을 꿰뚫
어 보지 못한다.

맛을 가려내다

신맛은 알면서 단맛은 모르는 자는 맛을 알지 못하는 자다.

단맛과 신맛을 저울질하여 헤아리고,

짠맛과 매운맛을 짜맞추어 억지로 채우는 사람은

가려뽑는 것을 알지 못하는 자다.

바야흐로 시어야 할 때는 지극히 신맛을 뽑고,

달아야 할 때는 아주 단맛을 가려야 한다.

그런 뒤에야 맛에 대해 말할 수 있다.

夫知酸而不知甘者, 不知味者也. 秤量甘酸, 間架鹹辛, 而苟充之者, 不知選者也.
方其酸時極酸之味而擇焉, 其甘也極甘之味而擇焉. 然後可以語於味矣.

박제가朴齊家(1750~1805), 〈시선서詩選序〉

단맛만 좋다 하고 신맛은 찌푸리고, 매운 것을 즐긴다고 짠 것을 내친다면 맛을 아는 사람이 아니다. 신맛 단맛 다 보고, 매운맛 짠맛 다 보아, 짤 때 짜고, 싱거울 때 싱겁고, 매울 때 맵고, 담백할 때 담백할 줄 알아야 음식이 제 맛이 난다. 사람도 똑같다. 올곧은 사람은 융통성이 부족하고, 순박한 사람은 대체로 모자란 구석이 있다. 굳센 사람은 속이 좁고, 민첩한 사람은 뒤가 무르다. 올곧은 사람에게 융통성을 요구하고, 순박함이 좋다면서 멍청함을 싫다 하면 피곤해진다. 다소 부족한 점이 있어도 장점을 취해 마침맞게 제 맛을 내게 할 뿐이다.

귓병의 이로움

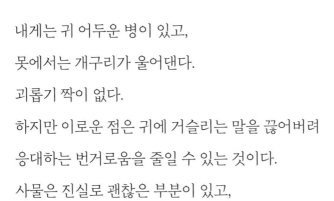

내게는 귀 어두운 병이 있고,

못에서는 개구리가 울어댄다.

괴롭기 짝이 없다.

하지만 이로운 점은 귀에 거슬리는 말을 끊어버려

응대하는 번거로움을 줄일 수 있는 것이다.

사물은 진실로 괜찮은 부분이 있고,

그러한 까닭이 있는 법이다.

身有聾疾, 池有鳴蛙. 苦之甚者. 而利在絶逆耳之言, 以省應對之煩. 物固有所可,
固有所然.

김창흡 金昌翕(1653~1722), 〈잡설雜說〉

귀가 어두워 잘 들리질 않는다. 거기다가 한여름 연못의 개구리는 밤잠을 잘 수 없을 만큼 시끄럽게 울어댄다. 가뜩이나 웅웅하는 귀로 개구리 소리까지 들어오니 온통 윙윙해서 살 수가 없다. 하지만 가만히 생각해본다. 이 때문에 귀에 거슬리는 말 안 들어도 되고, 귀찮게 대꾸하지 않아도 되고, 가만히 내 안으로 마음 공부에 집중할 수 있으니, 성가신 것만은 아니다. 그러고 보니, 귓병도 저 개구리 울음소리도 다 쓸모가 있다. 성가시다고만 할 게 아니다.

상망 相忘

사물과 내가 서로를 잊는다면
어찌 다툼이 있으랴?

物我相忘, 安有爭鬪?
이덕무, 《이목구심서》

다툼은 분별하는 마음에서 생겨난다. 이것과 저것을 구별하고 내 것과 네
것을 가르는 판단에서 생겨난다. 내 것을 저가 가져가니 불쾌하고, 이것을
저것이라 우기니 화가 난다. 사물과 나의 사이에, 너와 나의 사이에 가르고
나누고 분별하는 마음을 거두어 솔솔 바람이 통했으면 좋겠구나.

점검

자기의 허물은 살피고
남의 허물은 보지 않는 것은 군자다.
남의 허물은 보면서
자기의 허물은 살피지 않는 것은 소인이다.
자신을 점검함을 진실로 성실하게 한다면
자기의 허물이 날마다 제 앞에 보일 터이니,
어느 겨를에 남의 허물을 살피겠는가?

見己之過, 不見人之過, 君子也. 見人之過, 不見己之過, 小人也. 檢身苟誠矣,
己之過日見於前, 烏暇察人之過?
신흠, 〈검신편檢身篇〉

허물을 대하는 태도를 보면 군자와 소인의 차이가 확연히 드러난다. 날마다 늘어가는 허물을 단속하기에도 바쁜데, 남 흠잡을 겨를이 어디 있으랴! 요즘은 학회 논문 심사할 일이 참 많다. 답답한 논문을 앞에 두고 뭐가 부족하고 문제의식은 어떤지 쉽게 이야기하다가, 막상 내 논문에 대해 남이 심사한 내용을 마주하면 아주 기분이 나빠진다. 혹 나를 아끼는 사람이 내 행동에 대해 충고하면 그렇지 않다고 변명부터 하기 바쁘고, 남의 시답잖은 잘못은 굳이 꼬치꼬치 따지기를 좋아한다. 아! 나는 참 소인이로구나.

안목

속된 사람은 구안具眼 즉 안목을 갖춘 사람이 없다.

또 구이具耳 곧 귀가 제대로 뚫린 사람도 없다.

오직 시대의 선후와 사람의 귀천만을 가지고 무게를 잰다.

俗人無具眼. 又無具耳. 唯以時之先後, 人之貴賤, 輕重之.

김득신, 《종남총지》

안목을 갖추지 않으면 제대로 볼 수가 없다. 옛것이면 무조건 좋은 줄 알고, 지금 눈앞의 것을 우습게 본다. 신분이 높은 사람 앞에서는 굽실거리면서, 자기만 못한 사람에게는 함부로 대한다. 껍데기만 보이고, 쭉정이만 잡힌다. 정말 뛰어난 재능을 품고도 세상 사람들의 경박한 저울질에 밀려 존재조차 드러내지 못하고 스러진 사람들은 얼마나 많을까? 수줍어 주변만 서성이다가, 손 한 번 내밀지 않는 매정스러운 눈빛에 질려 다 그만두고 혼자만의 세계로 숨어들어간 사람들은 얼마나 많을까? 하지만 진짜는 진짜고, 가짜는 가짜다. 안목 갖춘 눈앞에선 여지없이 본색이 드러나게 되어 있다.

문제가 있으면

병을 숨기는 자는 그 몸을 잃는다.
재난을 숨기는 자는 그 나라를 잃는다.
무릇 숨기는 것은 계책이 아니다.

諱疾者喪其身. 諱難者喪其邦. 凡諱非計也.
정약용, 〈반곡 정공의 난중일기에 제함題盤谷丁公亂中日記〉

쉬쉬하고 넘어가려다 문제만 커지는 경우를 종종 본다. 곪은 상처는 고름을 짜내야 낫는다. 그저 두면 병이 골수에까지 스며 약으로는 치료할 수가 없다. 병은 자꾸 알려야 한다. 그래야 주변의 도움을 받을 수가 있다. 문제가 있으면 드러내놓고 함께 상의하는 것이 옳다. 중지衆智를 모은다는 말이 그래서 나왔다. 더욱이 나라의 존망과 관련되는 중대사라면 어떠하겠는가? 문제는 감추지 말고 드러내야 한다.

논쟁의 상대

망령된 사람과 더불어 논쟁하는 것은
얼음물 한 사발을 들이켬만 못하다.

與妄人辨, 不如喫氷水一碗.

이덕무, 《선귤당농소》

논쟁에도 예의가 있다. 토론에도 규칙이 있다. 제 귀는 꽉 막고 입만 벌려 떠드는 사람, 제 주장만 펴고 남의 이야기는 들으려 하지 않는 사람과는 논쟁할 필요가 없다. 논쟁하여 그를 꺾는다면, 그는 승복하기는커녕 도리어 앙심을 품을 것이다. 대체로 망령된 사람의 특징은 자신에 대한 신념이 확고하다는 것이다. 자신이 옳다는 믿음이 너무 강한 나머지, 남이 그 믿음에 동의해주지 않는 것을 도무지 참지 못한다. 이런 사람이 낮은 지위에 있으면 불평불만만 늘어놓게 되고, 윗자리에 올라서면 아랫사람을 들들 볶는다.

본분과 이름

관직에는 귀함과 천함이 없다.
본분을 다하는 것이 귀함이 된다.
선비에게는 장수와 요절이 없다.
이름을 세우는 것이 근본이 된다.

官無貴賤. 盡分爲貴. 士無壽夭. 立名爲本.
성대중, 〈질언〉

자리로 귀천을 가릴 수 없다. 귀천은 마음가짐에서 갈린다. 높은 자리에 있어도 본분을 다하지 못하면 그 자리가 천하고, 낮은 자리에 있어도 진심과 성의를 다하면 그 자리가 귀하다. 선비가 오래 살고 일찍 죽는 것은 세상에서 누린 햇수로 따지지 않는다. 이름값을 해서 제 이름을 남기면 일찍 죽어도 장수했다고 하고, 행실이 어지러워 이름을 더럽히면 오래 살아도 요절했다고 한다. 사람은 직분에 성의를 다해야 한다. 이름을 얻는 것은 그 결과일 뿐이다. 얻으려고 해서 얻어지는 이름은 이름이 아니다.

의심

귀에다 대고 하는 말은 듣지를 말고,

다른 사람에게 말해서는 안 될 이야기는 하지도 말게.

남이 알까 염려하면서 어찌 말하고 어이 듣는단 말인가?

이미 말을 해놓고 다시 경계한다면

이것은 남을 의심하는 것일세.

그 사람을 의심하면서 말한다면 멍청한 일이지.

附耳之言勿聽焉, 戒洩之談勿言焉. 猶恐人知, 奈何言之, 奈何聽之? 旣言而復戒,
是疑人也. 疑人而言之, 是不智也.

박지원, 〈중옥에게 답함答仲玉〉

귀에다 대고 소곤소곤 이야기한다. "이건 비밀인데 자네만 알고 있어! 절대로 다른 사람에게 말하면 안 돼!" 하지만 발 없는 말은 이 말까지 보태서 사방으로 달려나간다. "여보게! 자네 왜 내게 그런 말을 하는 겐가? 나만 알고 있으라니, 남에게 말하면 절대로 안 된다니, 떳떳이 할 수 없는 이야기거든 입에 담지도 말게. 또 나는 의심받는 사람이 되고 싶지 않네그려. 이건 자네가 날 못 믿어 하는 말이네. 의심하면서 어찌 말을 하는가? 나는 그런 말 듣지 않으려네." 말이 말을 낳고 싸움을 낳는다. 말 때문에 말이 많아 세상이 참 시끄럽다.

공정

근세에는 패거리를 짓는 습속이 고질이 되어,

사사로이 좋아하는 바를 높여

배운 대로 따르는 말학末學을 으뜸가는 스승으로 받든다.

사사로이 미워하는 바를 배척하여

덕이 우뚝한 큰 선비를 곡사曲士라 물리친다.

말하는 것이 공정하기가 쉽지 않고,

듣는 것도 공정하기가 어렵다.

아예 입을 다물고 말하지 않는 것만 못하다.

近世黨習痼, 尊其所私好, 則諛聞末學, 奉爲宗師. 斥其所私惡, 則碩德醇儒, 擯之爲曲士. 言之未易公, 聽之亦難公. 不如含默不發.

정약용, 〈도산사숙록陶山私淑錄〉

비판과 비난을 구분해야 한다. 칭찬과 아첨을 혼동하면 안 된다. 미워도 인정할 것은 인정하고, 좋아도 잘못은 당당히 비판해라. 패거리 짓기는 공부의 가장 으뜸가는 도적이다. 공변됨을 잃으면 학문도 없고 인간도 없다. 공정하게 말했는데 삐딱하게 받으면 토론이 성립되지 않는다. 편을 갈라 말하고 덩달아 부화뇌동하면 가망이 없다. 세상에 나만 옳고 남은 그른 이치는 없다. 다 좋은 것도 무조건 나쁜 것도 없다. 대공지정大公至正의 마음을 길러야 한다.

낮춤

군자는 천하의 위가 될 수 없음을 알아 아래에 처하고,
뭇사람의 선두가 될 수 없음을 알므로 뒤에 선다.
강하가 비록 아래로 흐르지만,
온갖 시내의 우두머리가 되는 것은
자기를 낮추기 때문이다.
하늘의 도는 친함이 없이 항상 착한 사람과 함께한다.

君子知天下之不可上也, 故下之, 知衆人之不可先也, 故後之. 江河雖左, 長於百
川, 以其卑也. 天道無親, 常與善人.
허목, 〈기언서〉

남을 꺾기 좋아하는 사람은 언젠가는 적수를 만나 큰코다치게 된다. 지는 것을 못 견디는 사람은 마침내 제 발등을 찍고 만다. 아랫사람이 윗사람을 원망하는 것은 항용 있는 일이지만, 때로 까닭 없는 원망일 때가 있다. 주인 된 자리, 윗자리는 지켜가기가 어렵다. 군자는 이를 잘 알아 자신을 낮추고 조금 뒤에 처져 자신을 드러내지 않는다. 강하는 낮은 곳에서 더 낮은 곳을 찾아 아래로 아래로 흘러간다. 그러면서도 모든 시냇물을 다 받아들일 수 있는 것은 스스로를 낮췄기 때문이다. 낮추면 높아지고, 높이면 낮아진다. 하늘의 도는 특별히 편애함이 없다. 다만 착한 사람 편에 설 뿐이다. 나는 그 것을 믿는다.

도량

곤경에 처해서도 형통한 듯이 하고,
추한 것 보기를 어여쁜 듯이 하라.

處困如亨, 視醜如妍.
성대중, 〈질언〉

역경과 시련의 날에 비로소 그 그릇이 드러난다. 평소에는 다 좋다가 작은 곤경 앞에서 속수무책으로 무너지는 것은 뜻이 연약해서다. 툭 터진 사람에게 상황은 일일이 기뻐하고 슬퍼할 대상이 못 된다. 싫고 미운 것 앞에서 감정을 쉬 드러내지 마라. 오히려 감싸안아 보듬는 데서 무한한 의미가 생겨난다. 한때의 분노는 아무나 터뜨릴 수 있다. 하지만 그것을 가라앉혀 포용하는 도량은 아무나 보일 수 있는 것이 아니다.

일희일비

안목이 짧은 사람은 오늘 뜻 같지 않은 일이 있으면
낙담하여 눈물을 줄줄 흘리고,
내일 뜻에 맞는 일이 있게 되면 생글거리며 얼굴을 편다.
일체의 근심과 기쁨, 즐거움과 분노, 사랑과 미움의 감정이
모두 아침저녁으로 변한다.
달관한 사람이 이를 보면 비웃지 않겠느냐?

短視者, 今日有不如意事, 便潛然洒涕, 明日有合意事, 又孩然解顏. 一切憂愉悲歡, 感怒愛憎之情, 皆朝夕變遷. 自達者觀之, 不可哂乎?
정약용, 〈학유가 떠날 때 노자 삼아 준 가계贈學游家誡〉

한두 끼 굶고 비쩍 마르거나, 한 끼 배불리 먹고 금세 표가 나는 것은 천한 짐승들의 일이다. 상황의 작은 변화에 일희일비하는 것은 군자의 몸가짐이 아니다. 이랬다저랬다 감정의 기복이 잦은 것은 내면의 수양이 그만큼 부족한 탓이다. 한 치 앞을 내다보지 못한 채 들뜨고 가라앉지 마라. 세상을 다 얻은 양 날뛰지도 말고, 세상이 다 끝난 듯 한숨 쉬지도 마라. 바람이 불어 흔들 수 있는 것은 표면의 물결뿐이다. 그 깊은 물속은 미동조차 않는다. 웅숭깊은 속내를 지녀, 경박함을 끊어라.

침묵

마땅히 말해야 할 때 침묵하는 것은 잘못이다.

의당 침묵해야 할 자리에서 말하는 것도 잘못이다.

반드시 마땅히 말해야 할 때 말하고,

마땅히 침묵해야 할 때 침묵해야만 군자일 것이다.

當語而嘿者非也. 當嘿而語者非也. 必也當語而語, 當嘿而嘿, 其惟君子乎.

신흠, 〈어묵편語嘿篇〉

자리를 박차고 일어나 말해야 할 자리에서는 꿀 먹은 벙어리로 앉아 있다
가, 물러나 뒷자리에서는 이러쿵저러쿵 불만을 늘어놓는다. 말해야 할 때
말하기와 침묵해야 할 때 침묵하기가 참 어렵다. 사람들은 맨날 거꾸로 한
다. 말해야 할 때 침묵하고, 침묵해야 할 때 떠든다. 세상 살며 생겨나는 많
은 문제가 여기서 비롯된다. 끝 모를 아득한 하늘, 바닥을 알 수 없는 깊은
연못, 진흙으로 빚어놓은 소상 같은 침묵을 내 안에 깃들이고 싶다. 구슬처
럼 영롱하고, 혜란蕙蘭처럼 향기 나며, 종고鍾鼓처럼 맑게 울리는 그런 소리
를 내고 싶다.

못 배운 사람

귀해졌다고 교만을 떨고,
힘 좋다고 제멋대로 굴며,
늙었다고 힘이 쭉 빠지고,
궁하다고 초췌해지는 것은
모두 못 배운 사람이다.

貴而驕, 壯而肆, 老而衰, 窮而悴, 皆不學之人也.
성대중, 〈성언〉

못난 놈들이 꼭 이렇다. 조금 살 만하면 건방을 떨고, 사치가 끝없다. 제 처지가 남보다 나을 성싶으면 으스대는 꼴을 봐줄 수가 없다. 그러다가 조금 힘이 빠지면 금세 의기소침해서 슬금슬금 남의 눈치나 본다. 형편이 조금 어려워지면 얼굴에 궁상이 바로 떠오른다. 비굴한 낯빛을 짓는다. 이런 것은 다 바탕 공부가 부족한 탓이다. 난관 앞에서도 의기소침하지 않고, 시련의 날에 더욱 굳건하며, 환난 앞에서 흔들림 없는 그런 정신은 어디에 있는가?

멈춤

대저 이른바 지지止止라는 것은
능히 멈춰야 할 곳을 알아 멈추는 것을 말한다.
멈춰야 할 곳이 아닌데도 멈추게 되면
그 멈춤은 멈출 곳에 멈춘 것이 아니다.

夫所謂止止者, 能知其所止而止者也. 非其所止而止, 其止也非止止也.
이규보李奎報(1168~1241), 〈지지헌기止止軒記〉

이규보가 자신의 거처를 지지헌이라 이름한 뒤 쓴 '지지'의 변이다. 약간의 말장난도 섞여 있다. 지지란 그칠 데 그치고 멈출 데 멈추는 것이다. 사람의 일은 모두 그침을 알지 못하는 데서 생긴다. 한 번만 더 하고 그만두겠다, 이 갑만 피우고 끊겠다는 맹세는 헛된 다짐이 되기 일쑤다. 이는 그칠 수 있을 때 그친다는 말이다. 나중엔 그치고 싶어도 그칠 수가 없다. 깨달았을 때는 이미 늦었을 때다. 또 그쳐서는 안 될 곳에 그쳐서도 안 된다. 있어서는 안 될 자리에 주저앉아 있으면, 솎아져서 뽑히고 만다. 나를 필요로 하는 곳, 내가 꼭 있어야 할 곳에 머무는 것이 지지다.

밥과 반찬

봉황과 기린이 세상을 빛나게 하나

백성을 이롭게 하기는 어찌 소, 말만 하겠는가.

수놓은 무늬가 몸을 사치스럽게 해도

사람에게 편하기야 어찌 무명과 같겠는가.

술이 모두를 기쁘게 하지만

몸에 유익하기로는 어찌 밥과 반찬만 하겠는가.

문장이 나라를 빛나게 하나

때에 맞기로 말하면 어찌 일로 공을 세움과 같겠는가.

鳳麟所以輝世, 而利於民也, 豈若牛馬. 文繡所以侈躬, 而便於人也, 豈若布帛. 酒醴所以合歡, 而益於體也, 豈若飯饌. 文章所以華國, 而適於時也, 豈若事功.

성대중,〈성언〉

사람들은 평범한 것의 고마움을 모른다. 날마다 신기하고 괴상한 것만 쫓아 다닌다. 걸보기에 근사한 것치고 실속 있는 것이 없다. 당장 입에 맞는 것 중에 몸에 좋은 것이 드물다. 화려한 것은 실용과 거리가 멀다. 저마다 겉만 번 드르르하고, 입에 딱 맞으며, 당장에 그럴듯한 것만 찾다가 바탕이 부실해 져서 기초가 무너진다. 좋은 것만 찾고, 비싼 것만 구하며, 사치한 것만 지니 려는 것은 매일 먹는 음식이라 하여 밥을 거들떠보지 않는 것과 같다.

치세와 난세

치세라 해서 소인이 없는 것은 아니다.

다만 세상이 다스려지면 소인이 그 간특함을 펼치지 못한다.

난세에도 군자는 있게 마련이다.

하지만 세상이 어지러우면 군자가 그 뜻을 행할 수가 없다.

治世非無小人. 而世治則小人不得逞其奸. 亂世非無君子. 而世亂則君子不得行
其志.

신흠, 〈휘언〉

치세와 난세의 구분은 어떻게 하나? 소인이 판을 치면 그것이 난세요, 군자가 역량을 발휘하면 그것이 치세다. 소인과 군자는 언제나 있었다. 하지만 세상이 어지러워지면 소인만 눈에 보이고, 세상이 다스려지면 소인은 달아나 보이지 않는다. 난세의 군자는 핍박받아 불우를 곱씹지만, 치세의 소인은 그늘에서 못된 짓으로 여전히 제 잇속을 챙긴다. 치세에도 군자는 늘 호시탐탐 덫을 쳐놓고 노리는 소인배의 술수에 노출되어 있다. 횡행하는 소인배들의 소음 속에서 세상의 어지러움이 극에 달한 것을 본다.

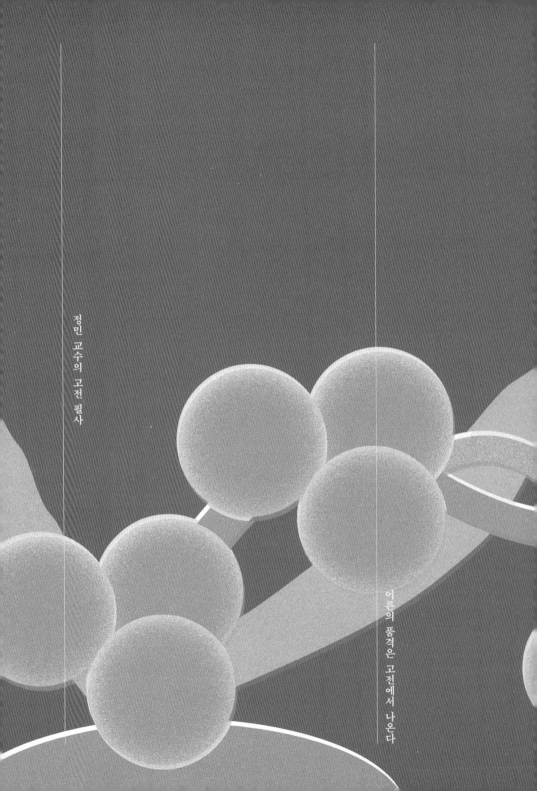

정민 교수의 고전 필사

어른의 품격은 고전에서 나온다

발
밑
의

거
울

허물

재앙은 입에서 생기고,
근심은 눈에서 생긴다.
병은 마음에서 생기고,
허물은 체면에서 생긴다.

禍生於口, 憂生於眼. 病生於心, 垢生於面.
성대중, 〈질언〉

입을 조심하라. 모든 재앙이 입단속을 잘못해서 생긴다. 근심은 눈으로 들어온다. 차라리 보지 않았다면 욕심도 생기지 않았을 텐데, 보고 나니 자꾸 비교하는 마음이 싹터난다. 마음을 잘 다스리지 못하니, 그것이 맺혀 병이 된다. 툭 터지지 못하고 꽁꽁 막힌 기운이 울결이 되어 몸까지 상하게 만든다. 체면치레 때문에 공연한 허물을 부르는 사람이 뜻밖에 많다. 뻗을 자리가 아닌데 뻗다가, 나설 자리가 아닌데 나서다가, 괜스레 체면을 구기고 손가락질만 당한다.

욕심과 욕됨

욕심이 없어야만 욕됨이 없다.

단지 남의 것을 빼앗아 제 몸을 살찌우려는 마음만 있다면

사람이 장차 어찌 견디겠는가?

마침내 남에게 빼앗기는 바가 되고 말리라.

惟無欲, 迺無辱. 只有剝人肥身之心, 人將何堪? 畢竟爲人所剝.
이덕무, 《이목구심서》

욕되지 않은 삶을 살고 싶은가? 욕심을 버리면 된다. 남의 것을 빼앗아 제 배를 채우려 들지 마라. 당장에 배는 불러도 종당에는 소화도 시키지 못한 채 뱉어내야 하리라. 욕심은 내려가지 않는 음식과 같다. 결코 내 살로 가지 않는다. 않을뿐더러 마침내는 남에게 손가락질을 입어 버림받게 되리라.

시련

잘못해서 나쁜 길로 들어가
온갖 괴로움을 다 겪은 뒤에야
바야흐로 바른길이 있음을 알게 되었다.

誤入邪徑, 備歷艱險, 然後方知有正路.
조희룡趙熙龍(1789~1866), 《**한와헌제화잡존**漢瓦軒題畵雜存》

무턱대고 실수를 두려워만 할 것은 아니다. 실수는 내게 뜻하지 않은 기회를 제공한다. 역사상의 수많은 발견과 발명은 실수의 산물인 경우가 많다. 실수를 발전의 기회로 만드는 사람이 있고, 실수를 곧바로 자포자기의 나락으로 끌고 가는 사람이 있다. 길을 잘못 들어 절망적으로 헤매본 사람만이 바른길이 얼마나 고마운 줄 알게 된다. 처음부터 탄탄대로만 걸어가면 순조롭기야 하겠지만 큰 발전은 기대할 수 없다. 역경이 순경順境이요, 순경이 역경이다.

법고창신

옛것을 본받는 사람은 자취에 얽매이는 것이 문제다.

새것을 만드는 사람은 이치에 합당치 않은 것이 걱정이다.

진실로 능히 옛것을 본받으면서 변화할 줄 알고

새것을 만들면서 법도에 맞을 수만 있다면,

지금 글이 옛글과 같다.

法古者病泥跡. 創新者患不經. 苟能法古而知變, 創新而能典, 今之文猶古之文也.
박지원, 〈초정집서楚亭集序〉

옛날을 본받자고 죽자고 따라만 하고, 자기 길을 가겠다며 괴상망측한 짓만 한다. 따라만 하는 옛날은 죽은 옛날이고, 듣도 보도 못한 지금은 미친 지금 이다. 옛날에서 가져와도 지금에 맞게 바꾸고, 새것을 만들어도 바탕이 있 다면, 굳이 지금이니 옛날이니 따질 필요가 없다. 내가 옛사람의 경우였다 면 옛글처럼 썼을 것이고, 옛사람이 지금 세상에 나서 나와 같은 형편에 놓 였다면 그도 나와 같은 글을 썼을 터이다. 문제는 통찰력이다. 여기에는 고 금도 없고 피차도 없다. 오로지 지금 여기의 나만 있다.

목돈과 푼돈

큰 것을 아끼는 사람은
큰 이익을 꾀하지 못하고,
작은 것을 손쉽게 여기는 사람은
헛된 낭비를 줄이지 못할 것이니,
이런 데서 잘 살펴야 한다.

惜大者不能謀大利, 輕小者不能省冗費, 於此須猛察.
정약용,〈윤윤경에게 주는 말爲尹輪卿贈言〉

큰돈은 쉽게 쓰고 작은 돈은 아껴 써라. 짧은 한마디 말에 무궁한 의미가 담겨 있다. 대개 경제가 안정되지 않는 것은 당장 쓸 푼돈은 있는데 집 살 큰돈이 없기 때문이다. 푼돈에 바들바들 떨어야 목돈이 모인다. 하지만 그 목돈을 쓸 곳에 쓸 줄 알아야 큰 이익을 도모할 수 있다. 푼돈을 우습게 알면 평생 목돈 한 번 만져보지 못하고 허덕이다 끝난다. 목돈을 내던질 수 있는 용기가 있어야 한밑천 잡을 수가 있다. 푼돈을 헤프게 쓰고, 목돈 쓰는 것에 겁먹으면, 결국 남 좋은 일만 시키고 세상 탓만 하게 된다.

군자의 처세

군자는 세상을 살아감에
오는 것은 응하고 가는 것은 잊는다.
힘으로 사물과 맞겨루지 않고,
마음으로 일을 엿보지 않는다.
가는 것은 돌아오듯 하고,
움직임은 쉬는 듯한다.

君子之居世也, 來者應之, 去者忘之. 不以力亢物, 不以心諜事. 其往也若返, 其動
也若休.

성대중, 〈질언〉

덮어놓고 응하고 무작정 잊어서는 안 되겠지만, 오가는 인연에 집착할 것은 없다. 다만 오는 것 내치지 않고, 가는 것 연연하지 않는 홀가분한 마음을 지녀야 한다. 군자는 완력으로 어찌 해보거나, 궁리로 수를 쓰려 하지 않는다. 무언가를 향해 갈 때도 일을 마치고 돌아오는 것처럼 담담하다. 열심히 일할 때도 편안히 쉬는 것처럼 보인다. 소인들은 그렇지가 않다. 작은 일 벌여놓고도 온 동네에 광고한다. 안 되는 일에 어거지 부리는 것을 능력으로 착각한다. 오는 것은 다 움켜쥐고, 가는 것은 옷 꼬리를 잡고 놓아주지 않는다.

좋은 벗

사람은 벗을 가려 사귀지 않을 수 없다.

벗이란 나의 어짊을 돕고 나의 덕을 도와주는 존재다.

유익한 벗과 지내면 배움이 날로 밝아지고,

학업이 나날이 진보한다.

부족한 자와 지내면 이름이 절로 낮아지고,

몸이 절로 천하게 된다.

人不可不擇友也. 友也者, 所以輔吾仁也, 助吾德也. 與益者居, 則學日明, 而業日
進. 與損者處, 則名自卑, 而身自賤.

성현成俔(1439~1504), **《부휴자담론**浮休子談論**》**

적절한 충고에 발끈 성을 내고, 잘못을 지적하면 그렇지 않다고 강변한다. 사이가 소원해진 것은 내 탓이 아니라 그의 탓이고, 나는 옳은데 그가 옳지 않아 이렇게 되었다고 생각한다. 곁에 있던 좋은 벗을 제 손으로 다 물리쳐 놓고, 돌아앉아선 좋은 벗을 만나기가 어렵다고 탄식한다. 내 비위를 잘 맞춰주고, 듣기 좋은 말만 해주는 아첨꾼을 지기知己라 하면서, 늦게 만난 것을 탄식한다. 그래서 둘이 함께 측간에 가 뒹굴고 돼지우리에 가 뒹군다.

강소 强笑

뜻을 감춘 억지웃음은 짓지를 말고,
까닭 없이 격분하지도 말라.
모름지기 일에 앞서 의심 많은 것을 막고,
훗날 한갓 후회할 것을 염려하라.

 勿作有意强笑, 勿生無故激惱. 須防先事多疑, 須慮後時徒悔.
이덕무, 《사소절》

속에 감춘 뜻을 품고 있으면서 겉으로는 웃는 체한다. 그러다가 까닭 없이 격분하여 종내는 일을 그르친다. 겉으로 웃은 것은 내가 제 편임을 상대에게 믿게 하려 함이요, 느닷없이 화낸 것은 그것이 간파당했음을 알았기 때문이다. 큰일을 앞에 두고 자꾸만 생겨나는 의심 때문에 새로운 일을 시작할 수가 없다. 미적거리다가 결국 기회를 놓치고 만다. 지나고 나면 후회할 일을 늘 하며 사는 인생이다. 내 삶에서 속을 숨긴 웃음, 까닭 없는 분노, 일에 앞선 의심, 다음날의 후회 같은 것을 걷어냈으면 한다.

목표

무릇 한 가지 바람이 있거든
한 사람을 목표로 삼아
반드시 똑같아진 뒤에야 그만두기를
다짐해야 한다.
이것이 용勇의 덕이 하는 바다.

凡有一願, 輒以一人爲準的, 期於必齊而後已. 此勇德之所爲也.
정약용, 〈학유가 떠날 때 노자 삼아 준 가계〉

'나는 저런 사람이 되겠다.' 공부는 목표를 세우는 것에서 출발한다. 목표가 없으면 방향도 없다. 그저 세우기만 하면 소용이 없다. 실천으로 뒷받침해야 한다. 내가 저 사람이 되고, 나아가 저 사람을 뛰어넘으려면, 그의 일거수일투족을 관찰하고, 그의 학문과 인간됨을 연구하며, 그가 노력한 이상으로 노력해야 한다. 한때 격발되어 떨쳐일어나 두 주먹을 불끈 쥐고 다짐하다가, 얼마 못 가 주저물러앉으면 거둘 보람이 없다. 똑같아지기 전에는 멈추지 마라. 스스로 납득할 때까지 밀어붙여라.

높낮이

위아래는 정해진 위치가 없고,

낮고 높음은 일정한 이름이 없다.

아래가 있으면 반드시 위가 있게 마련이다.

낮은 것이 없고 보면 어찌 높은 것이 있겠는가?

夫上下無定位, 卑高無定名. 有下則必有上. 無卑則安有高?

강희맹姜希孟(1424~1483), 〈승목설升木說〉

위아래는 상대적인 이름이다. 누가 누구보다 얼마나 더 높고 낮은지를 따지는 것은 그래서 쓸데없는 짓이 된다. 누구에 비해 얼마나 더 높고 낮은지는 또 다른 누구 앞에 서면 절대적인 기준이 되지 못한다. 스스로 높다고 생각해 젠체하는 것처럼 위태로운 일이 없다. 내가 힘겹고 어려우면 밑바닥부터 새로 시작하는 마음으로 자세를 다잡아야 한다. 내가 넉넉하여 힘이 생겨도 저 밑바닥 시절을 잊어서는 안 된다. 그래야 옛말하며 살 때가 있게 된다. 조금만 힘들어도 남 원망이나 하고, 못 참고 스스로를 파멸의 구렁텅이로 몰아넣는 사람이 있다. 향상의 기회를 제 발로 차버리는 사람이 있다. 높아지려 하면 낮아지고, 낮추면 높아진다.

인도하다

이른바 이끈다는 것은
길을 인도하는 것을 말한다.
큰길로 인도하면 평탄해서 쉽게 간다.
잘못된 길로 인도하면
걷기가 힘들고 나아가기도 어렵다.

所謂導者, 引路之謂也. 引之周道, 則平坦易行. 引之邪徑, 則窘步艱澁.
성현, 《부휴자담론》

배움을 시작하는 사람은 스승을 잘 만나야 한다. 책만 보고 배울 수도 있지만 고비를 넘기지 못한다. 혼자서 잘할 것 같아도 결정적인 순간에 무너진다. 스승을 잘못 만나면 차라리 배우지 않느니만 못하다. 공부를 아무리 열심히 해도 성적이 안 오른다. 방법이 잘못되었기 때문이다. 잘못된 길인 줄모르고 무턱대고 노력만 하는 것은 비극을 자초하는 일이다. 옆에서 툭 건드려주고, 시범을 한번 보기만 하면 단박에 깨칠 수 있는 것을 십 년씩 에돌아간다. 큰길을 옆에 두고 미로 속을 헤매게 된다.

등산

처음 위로 오를 때는
한 걸음에서 다시 한 걸음 딛기가 어렵더니,
아래로 내려올 때는
그저 발만 드는데도 몸이 절로 흘러내려왔다.
어찌 선을 좇는 것은 산을 오르는 것과 같고,
악을 따름은 무너져내림과 같지 않겠는가?

初登上面, 一步更難一步, 及趨下面, 徒自擧足, 而身自流下. 豈非從善如登, 從惡
如崩者乎?

조식曺植(1501~1572), 〈유두류록遊頭流錄〉

산을 오를 때는 한 걸음 한 걸음 진땀을 흘린다. 오르기만 하니 근육이 뭉쳐 쥐가 난다. 조금만 가면 되겠지 싶은데, 좀체 고도는 올라가지 않는다. 내려올 때는 다르다. 올라올 때 그 힘들던 높이가 순식간에 휙휙 내려간다. 하나하나 쌓기는 어려워도 무너뜨리는 것은 한순간이다. 선행을 쌓아 덕망을 갖추기는 쉽지 않지만, 한순간의 실수는 평생 이룬 것을 단번에 무너뜨린다. 산을 등반하면서 이런 생각을 한다. 한 걸음 한 걸음 뗄 때마다 삶의 자리를 돌아본다.

담박

천하의 큰 죄악과 큰 재앙은

모두 능히 담박함을

견뎌내지 못하는 가운데서 나오게 마련이다.

《중용》에는 "빈천에 처하면 빈천을 편안히 여기고,

환난을 마주하면 환난을 편안히 여기라"고 했다.

天下之大惡大禍, 皆從不能堪耐澹泊中出來. 中庸曰: "素貧賤, 安於貧賤, 素患難, 安於患難."

이덕무, 《사소절》

담박을 즐길 줄 알면 적빈赤貧도 기쁘다. 가난은 불편할 뿐 부끄러운 것은 아니다. 이를 견뎌내지 못하고 다른 사람과 비교하기 시작하면, 여기서 죄악과 재앙이 싹튼다. 조금 뜻을 꺾어 재물을 취하면 더 많이 갖고 싶고, 이내 그 욕망은 고삐 풀린 망아지처럼 끝 간 데를 모르게 된다. 어렵고 힘들 때는 무슨 일이 닥쳐도 설마 더 나빠지기야 하겠는가 하는 마음이었는데, 등 따습고 배부르다 보니 조그만 고통도 견디지 못하고 비명을 지른다. 하지만 깨달음은 후회보다 언제나 반걸음 뒤미처 온다. 깨달았을 때는 돌이킬 수가 없다.

은혜

남에게 은혜를 베풀고서 이를 잊는 것은

하늘의 도리로 스스로를 공정하게 하는 것이다.

남에게 은혜를 받고서 잊지 않는 것은

사람의 도리로 스스로를 다잡는 것이다.

施恩於人而忘之, 以天道自公也. 受恩於人而不忘, 以人道自救也.
성대중, 〈성언〉

베푼 것은 빨리 잊고, 받은 것은 잊지 마라. 사람들은 거꾸로 한다. 받은 것은 금세 잊으면서 알량하게 베푼 것은 두고두고 얘기한다. 조금 힘을 보태고는 자기가 다 했다고 한다. 일이 되고 안 되고는 사람의 일이 아니다. 이를 기필하면 하늘 앞에 욕심을 부리는 일이 된다. 베푼 이는 다 잊었는데, 받은 이가 굳이 갚으려 드니 그 마음이 아름답다. 받은 이는 까맣게 잊고 있는데, 베푼 이가 갚으라고 성화를 해대니 첫 마음이 부끄럽다.

책 속의 영약 靈藥

책 속에 엄한 스승과 두려운 벗이 있다.

읽는 사람이 진부한 말로 보아버리는 까닭에

마침내 건질 것이 없을 따름이다.

묵은 생각을 씻어버리고 새로운 마음으로 가만히 보면

넘실대는 성인의 말씀이

어느 하나 질병을 물리치는 영약이 아닌 것 없다.

黃卷中自有嚴師畏友. 而讀者以陳言看了, 故無得力處. 若濯去舊見, 以新心靜看,
則洋洋聖謨, 無非却疾之靈丹.

김굉金㙆(1739~1816),〈각재하공행장覺齋河公行狀〉

책 속에 길이 있다. 그런데 그 길을 오래 방치해두니, 온통 가시덤불로 막힌 길이 되었다. 읽는 사람도 심드렁해서 으레 고리타분한 말만 써 있으려니 한다. 읽어도 건질 것이 없고 남는 것이 없다. 하지만 그런가? 정신을 차리고 똑바로 앉아, 왜 이런 말을 했을까? 이건 무슨 뜻일까? 하며 내 거울에 찬찬히 비춰보면, 준열한 나무람에 정신이 화들짝 돌아온다. 말씀이 물결이 되어 내 몸을 적신다. 진땀이 흐른다. 말씀이 힘을 잃은 것이 아니라, 내 귀와 눈이 막혀 말씀이 눈에 들어오지 않은 것일 뿐이다. 눈앞의 영약을 던져두고, 듣도 보도 못한 신기한 처방만 찾아 이리저리 우르르 왔다갔다 한다.

폐족의 이점

폐족은 다만 과거와 벼슬길에 꺼림이 있을 뿐이다.

폐족이 성인이 되거나 문장가가 되는 데는 아무 문제가 없다.

통재달식通才達識의 선비가 되는 데도 아무 거리낄 것이 없다.

거리낌이 없을 뿐 아니라 오히려 크게 유리한 점이 있다.

과거시험에 얽매임이 없기 때문이다.

빈곤하고 곤궁한 괴로움이 또 그 심지를 단련시켜

지식과 생각을 툭 틔워주고,

인정물태人情物態의 진실과 거짓된 형상을

두루 알게 해주기 때문이다.

廢族唯於科宦有忌耳. 以之爲聖人無忌也, 以之爲文章無忌也. 以之爲通識達理
之士無忌也. 不唯無忌, 抑大有勝焉. 以無科擧之累. 而貧困窮約之苦, 又有以鍛
鍊其心志, 開摭其知慮, 而周知人情物態誠僞之所形也.

정약용, 〈두 아들에게 부침〉

역경은 독약도 되고 보약도 된다. 시련은 위기이지만 기회이기도 하다. 어떤 이는 속수무책으로 좌절의 나락에 떨어지지만, 어떤 이는 절망 속에서 희망을 길어올린다. 모든 역경과 시련, 절망과 좌절은 일종의 기회임을 알아야 한다. 더 이상 내려갈 수 없는 밑바닥에서 딛고 일어서면 겁날 게 없다. 주저앉지 마라. 물러서지 마라. 절망을 밑바대로 삼아 우뚝 일어서라.

화복과 득실

화복은 나에게 달렸고,
득실은 하늘에 달렸다.

禍福在己, 得失在天.
성대중, 〈질언〉

인간의 화와 복은 자기가 짓는 대로 따라오는 것이다. 재앙을 부르는 행동을 하고서 복이 오기를 바랄 수 없다. 복을 짓는 행동에 재앙이 닥치는 법이 없다. 하지만 득실은 또 다른 문제다. 정성을 다해 노력해도 얻지 못하는 수가 있고, 그저 가만히 있었는데 절로 얻는 수도 있다. 이것은 하늘에 달린 일이니, 공연히 세상을 원망하고 하늘에 푸념해서는 안 된다. 내 할 도리를 다하고 조용히 하늘의 뜻을 기다리는 것뿐이다. 화복과 득실, 이 두 가지가 온 곳을 잘 구분하면 세상 사는 지혜가 보인다. 이것을 혼동하면 세상살이가 참 피곤해진다.

뜻이 없이는

시장 가운데 물건이 숱하게 많지만,

돈이 없고 보면 내 것으로 만들 수가 없다.

옛사람의 책 속에 문자가 수도 없지만

뜻이 없으면 내가 가져다 쓰지 못한다.

뜻을 버리고서 옛 책을 읽는 것은

돈 없이 저자의 가게를 어슬렁거리는 것과 다를 바 없다.

夫市中物貨非不多, 而無錢則不可爲我有. 古人書中文字非不多, 而無意則不得
爲我用. 捨意而讀古書, 何異於無錢而歷市肆哉.

임상덕林象德(1683~1719), 〈통론독서작문지법通論讀書作文之法〉

주머니에 돈 없이는 시장통을 백날 어슬렁거려봐도 배고픔을 해결할 수 없다. 필요한 물건을 손에 넣지 못한다. 생각 없이 그저 읽기만 해서는 백 권천 권을 읽어도 아무짝에 쓸모가 없다. 뜻이 없이는 소용이 없다. 뜻이 없으면 길을 잃고 헤매게 되지만, 뜻이 있는 곳에는 길이 있다. 맥을 놓고 정신을 팔면서 이룰 수 있는 일은 아무것도 없다. 돈 없이는 따뜻한 밥 한 그릇도 먹을 수 없는 것처럼. 정신을 딴 데 두고 하는 공부는 백날 해봤자 도로아미타불이다. 먼저 뜻을 세워야 한다. 정신을 차려야 한다.

성패

사람은 몹시 좋아하는 것으로
성공하게 마련이다.
그러나 또한 몹시 좋아하는 것 때문에
실패하기도 한다.

人必以所好深者成. 亦以所好深者敗.
이덕무, 《이목구심서》

일의 성공은 그 일에 대한 애정과 관심 없이는 이루어지지 않는다. 그저 어쩌다 보니 일이 이루어지는 법은 없거니와, 그렇게 이루어진 일은 오래가지도 않는다. 그러나 결정적인 실패도 그 애정 때문에 초래될 수 있음을 또한 명심하지 않으면 안 된다. 애정과 관심도 중요하지만 정작 우선해야 할 것은 일을 처리하는 판단력과 시기를 놓치지 않는 분별력이다. 지나친 애정과 관심은 때로 이 판단과 분별을 흐리기 쉽다.

중간

몸가짐은 청탁淸濁의 사이에 있고,
집안을 다스림은 빈부貧富의 중간에 있다.
벼슬살이는 진퇴進退의 어름에 있고,
교제는 심천深淺의 가운데 있다.

行己在淸濁之間, 理家在貧富之間. 仕宦在進退之間, 交際在淺深之間.
성대중, 〈질언〉

몸가짐이 너무 맑으면 곁에 사람이 없다. 너무 탁하면 사람들이 천하게 본다. 너무 맑지도 않고 그렇다고 탁하지도 않게 처신하는 것이 옳다. 집안의 살림은 가난하지도 부유하지도 않은, 조금 부족한 듯한 것이 낫다. 너무 가난하면 삶이 누추해지고, 너무 풍족하면 세상에 대해 교만을 떨게 된다. 벼슬길에 몸을 둔 사람은 언제라도 물러날 수 있다는 생각을 지녀야 자리에 집착하지 않는다. 사귐의 이치도 다를 것이 없다. 너무 깊지도 너무 얕하지도 않은 거리가 필요하다. 속없이 다 내준다고 우정이 깊어지지 않는다. 이리저리 재고만 있으면 상대도 곁을 주지 않는다. 마음을 건네더라도 나의 주체를 세울 수 있는 지점까지만 허락해야 한다. 항상 이 사이間의 정확한 지점을 알기가 어렵다.

분발

배움에 진전이 없는 것은
모두 예전 하던 대로 하기 때문이다.
모름지기 용맹히 분발하여
반드시 성현을 표준으로 삼아,
혹시라도 물러나 돌아서지 말아야 한다.

學不進, 率由於因循. 須勇猛奮發, 必以聖賢爲表準, 毋或退轉.
권상하權尙夏(1641~1721), 〈윤생 노동에게 줌贈尹生魯東〉

제자인 윤노동尹魯東이 고향으로 돌아가면서 평생 지닐 가르침의 말씀을 청하기에 써준 글이다. 배움의 가장 큰 적은 예전 버릇을 떨쳐내지 못하고, 그저 몸에 밴 습관 따라 하는 것이다. 늘 마시던 술이니 생각 없이 마시고, 늘 하던 버릇이니 익은 대로 해서는 어떤 변화도 있을 수 없다. 옛 성현이 했던 일을 표준으로 삼아 나도 그렇게 해야지 하는 마음을 다잡아 세워, 절대로 주저물러앉거나 등 돌리지 않겠다는 불퇴전不退轉의 각오를 단단히 세우고, 오로지 한길로 매진할 때만이 배움은 더 앞으로 나아갈 수가 있다. 어제의 나와 결별할 수가 있다.

글쓰기의 비결

글자를 줄이고 교체하는 가운데
문장의 경계가 점차 새롭게 된다.
옛사람이 이미 말했던 것을
마치 말하지 않았던 것처럼 하는 것,
이것이 바로 묘체이다.

減換之中, 文境轉新. 古人已經道者, 如不經道者, 是乃妙諦.
조희룡, 《석우망년록石友忘年錄》

하늘 아래 새로운 것은 없다. 다만 새로워 보이는 것만 있을 뿐이다. 물건이야 전에 없던 것들이 날마다 새롭게 만들어지지만, 세상 사는 이치는 조금도 변한 것이 없다. 정말 새로워 보이는 것도 따지고 보면, 옛것을 적당히 바꿔 새롭게 보이는 것일 뿐이다. 우리가 고전을 공부하는 까닭이다. 어떤 새롭고 유용한 것도 옛것 속에 이미 다 들어 있다. 파천황의 새것은 어디에도 없다. 고치고 다듬는 가운데 조금씩 변화해가는 것일 뿐이다.

진실한 말

무릇 말을 할 때는
마땅히 간곡하게 폐부로부터 우러나와야 한다.
목구멍과 입술 사이의 상투적인 말이 되지 않아야
비로소 음흉한 사람이 되지 않는다.

凡出言, 當惻怛從心肺中出來. 不爲從喉吻間圈套語, 始不爲譎險物耳.
이덕무, 《이목구심서》

입에서 나온다고 다 말이 아니다. 진정이 담기지 않은 말, 마음이 실리지 않은 말은 소음일 뿐이다. 입에 발린 말, 그냥 해보는 말, 사람을 떠보는 말, 이리저리 재고 따져서 하는 말, 이런저런 말들의 공해 속에서 인간의 말은 점점 빛이 바래간다. 짐승이 생리적 본능에 따라 우짖는 소리가 더 진실하게 들릴 때가 있다. 쉽게 말하지 마라. 되는대로 말하지 마라. 걸꾸며 말하지 마라.

나를 찍는 도끼

나를 찍는 도끼는 다른 것이 아니다. 바로 내가 남을 찍은 도끼다.

나를 치는 몽둥이는 다른 것이 아니다. 바로 내가 남을 때린 몽둥이다.

바야흐로 남에게 해를 입힐 때 계책은 교묘하기 짝이 없고,

기미機微는 치밀하지 않음이 없다.

하지만 잠깐 사이에 도리어 저편이 유리하게 되어,

내가 마치 스스로 포박하고 나아가는 형국이 되면,

지혜도 용기도 아무짝에 쓸데가 없다.

그래서 남이 나를 치지 않게 하려면 먼저 내 도끼를 치우고,

남이 나를 때리지 않게 하려면 먼저 내 몽둥이를 버려야 한다.

伐我之斧非他. 卽我伐人之斧也. 制我之梃非他. 卽我制人之梃也. 方其加諸人也,
計非不巧, 機非不密. 毫忽之間, 反爲彼利, 而我若自縛以就也, 智勇並無所施
也. 故欲人無伐, 先屛我斧, 欲人無制, 先捨我梃.

성대중, 〈성언〉

내가 아프면 남도 아프다. 내가 싫은 것은 남도 싫다. 내가 남을 해칠 때는 통쾌했는데, 내가 해코지를 당하니 분하기 짝이 없다. 내가 원치 않는 것을 미루어 남에게 하지 않고, 내가 원하는 것을 가늠해 남과 나눈다면 내면에 바로 평화가 온다. '두고 보자' 하는 마음이 '그럴 리가' 하는 결과를 가져온다. 기심機心, 즉 따지고 분별하는 마음을 버려라. 마음속에서 튕기던 주판알을 거둬라. 그러면 그들도 나에 대해 무장을 해제한다. 나쁜 마음이 한 번 싹 터나면 온갖 재앙을 끌어들여 나를 다 태운 뒤에야 꺼진다.

나란 사람

말은 행동을 가리지 못했고,

행동은 말을 실천하지 못했다.

한갓 시끄럽게 성현의 말씀을 즐겨 읽었지만,

허물을 고친 것은 하나도 없다.

돌에다 써서 뒷사람을 경계한다.

言不掩其行, 行不踐其言. 徒囂囂然說讀聖賢, 無一補其愆. 書諸石以戒後之人.

허목, 〈허미수자명許眉叟自銘〉

허목이 자신의 평생을 돌아보며 스스로에게 내린 평가다. '나는 늘 말이 행
동보다 앞섰다. 떠벌리기만 했지 실천하지 못했다. 경전을 손에서 놓은 적
이 없지만, 그 말씀이 내 삶 속에 녹아들진 않았다. 말씀 따로 나 따로 각자
놀았다. 나는 이것이 부끄럽다. 지금에 와서 깊이 반성한다. 나 죽으면 이 글
을 돌에다 새겨 내 무덤 앞에 묻어라. 뒷사람이 이 글을 보고 자신을 비춰볼
수 있도록.' 나는 훗날 내 평생을 돌아보며 어떤 말을 남길 수 있을까?

어른의 품격은
고전에서 나온다